T0030142

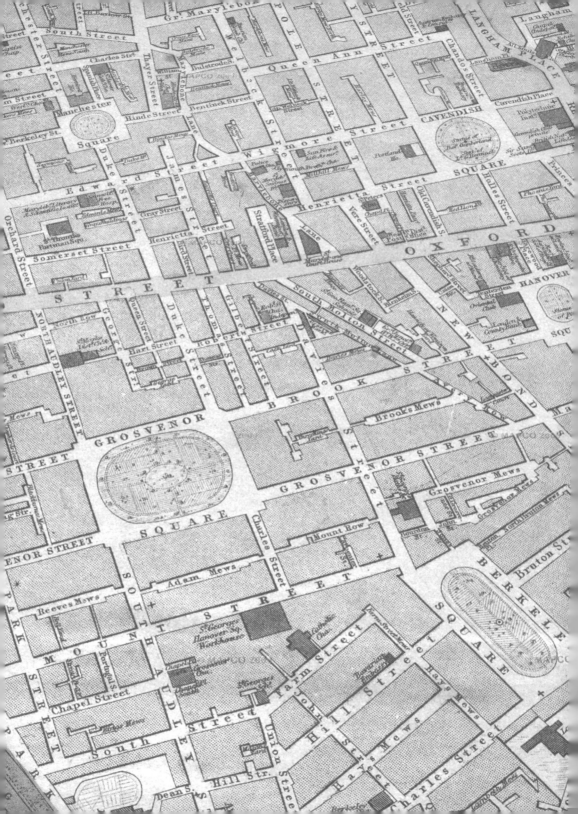

Su último saludo

ALMA CLÁSICOS ILUSTRADOS

SU ÚLTIMO SALUDO

SIR ARTHUR CONAN DOYLE

Traducción de
Lucía Márquez de la Plata

Ilustraciones de
Fernando Vicente

Título original: *His Last Bow*

© de esta edición:
Editorial Alma
Anders Producciones S.L., 2022
www.editorialalma.com

 @almaeditorial

© de la traducción: Lucía Márquez de la Plata
Traducción cedida por Ediciones AKAL, S.A.

© Ilustraciones: Fernando Vicente

Diseño de la colección: lookatcia.com
Diseño de cubierta: lookatcia.com
Maquetación y revisión: LocTeam, S.L.

ISBN: 978-84-18395-33-8
Depósito legal: B14417-2022

Impreso en España
Printed in Spain

Este libro contiene papel de color natural de alta calidad que no amarillea (deterioro por oxidación) con el paso del tiempo y proviene de bosques gestionados de manera sostenible.

Todos los derechos reservados. No se permite la reproducción total o parcial del libro, ni su incorporación a un sistema informático, ni su trasmisión en cualquier forma o por cualquier medio, sea este electrónico, mecánico, por fotocopia, por grabación u otros métodos, sin el permiso previo por escrito de la editorial.

Índice

Prefacio 7

La aventura del pabellón Wisteria 9

La aventura del Círculo Rojo 47

La aventura de los planos del Bruce-Partington 71

La aventura del detective moribundo 109

La desaparición de lady Frances Carfax 129

La aventura de la pezuña del diablo 155

Su último saludo 185

Prefacio

A los amigos de Sherlock Holmes les alegrará saber que vive todavía y que goza de buena salud, si exceptuamos sus ocasionales ataques de reumatismo. Desde hace muchos años reside en una pequeña granja en los Downs, a cinco millas de Eastbourne, donde ocupa su tiempo entre el estudio de la filosofía y la agricultura. Durante este periodo de retiro, ha rechazado espléndidas sumas que se le han ofrecido para que se hiciese cargo de varios casos, resuelto ya a que su retiro fuese definitivo. Sin embargo, la inminencia de la guerra con Alemania le empujó a poner a disposición del Gobierno su extraordinaria combinación de capacidad intelectual y habilidades prácticas, con los resultados históricos narrados en «Su último saludo». Con el objeto de completar esta antología, he añadido varios casos anteriores que permanecieron mucho tiempo en mis archivos, esperando ver la luz.

Dr. John H. Watson

La aventura del pabellón Wisteria

I

El extraño suceso ocurrido al señor John Scott Eccles

Según mi libro de notas, era un día crudo y ventoso de finales de marzo del año 1892. Holmes recibió un telegrama mientras tomábamos el almuerzo y garabateó su respuesta. No hizo ningún comentario, pero siguió rumiando el asunto, ya que, después de almorzar, se quedó de pie delante del fuego de la chimenea, con una expresión pensativa, fumando su pipa y volviendo a leer de cuando en cuando el mensaje. De repente, se volvió hacia mí con un brillo malicioso en la mirada.

—Supongo, Watson, que podemos considerarle un hombre de letras. ¿Cómo definiría usted la palabra «grotesco»?

—Extraño, fuera de lo normal —sugerí. Meneó la cabeza tras escuchar mi definición.

—Seguramente es un término más amplio que lo que usted sugiere —dijo—. Se trata de una palabra que evoca una sensación trágica y terrible.

Si recuerda alguno de esos relatos con los que ha martirizado a su paciente y sufrido público, se dará cuenta de que lo grotesco terminaba por transformarse en criminal a poco que indagábamos en el asunto. Acuérdese del pequeño asunto de los pelirrojos. Superficialmente parecía un caso grotesco y al final se convirtió en un atrevido intento de robo. O, sin ir más lejos, aquel episodio de las cinco semillas de naranja, que desembocó en un complot para cometer un asesinato. Ante esa palabra me pongo en guardia.

—¿Aparece en el telegrama? Leyó el telegrama en voz alta.

> Me acaba de ocurrir un incidente increíble y grotesco. ¿Puedo consultarlo con usted?
>
> Scott Eccles
> Oficina de correos, Charing Cross

—¿Se trata de un hombre o de una mujer? —pregunté.

—Oh, es un hombre, sin duda alguna. Ninguna mujer enviaría un telegrama con contestación pagada. Se habría presentado aquí, sin más.

—¿Le recibirá?

—Mi querido Watson, ya sabe lo aburrido que estoy desde que encerramos al coronel Carruthers. Mi cerebro es como una máquina de carreras, que se hace pedazos porque no funciona a la velocidad para la que fue construida. La vida resulta banal, los periódicos, estériles; la audacia y el romanticismo parecen haber desaparecido para siempre del mundo criminal. En esta situación, ¿cómo es posible que me pregunte si estoy dispuesto a ocuparme de un nuevo problema, por trivial que resulte? Pero, si no me equivoco, aquí llega nuestro cliente.

Se oyeron unos pasos lentos en la escalera y, un momento después, se hizo pasar a un hombre corpulento, alto, de patillas grises y aspecto solemne y respetable. La historia de su vida estaba escrita en sus rasgos graves y sus modales pomposos. Desde sus *spats*[1] hasta sus gafas de montura de oro, su aspecto proclamaba que se trataba de un hombre conservador que asistía asiduamente a la iglesia, un buen ciudadano, ortodoxo y convencional

---

[1]   Abreviatura de *spatterdashes*, polainas que cubrían el tobillo. *(N. de la T.)*

hasta la saciedad. Pero un acontecimiento asombroso había venido a perturbar su compostura natural, dejando un rastro en sus cabellos revueltos, en las mejillas encendidas e irritadas, en sus ademanes vivaces y agitados. Al instante se zambulló en el asunto.

—Señor Holmes, me ha ocurrido algo de lo más curioso y desagradable —dijo—. Jamás en la vida me había encontrado en una situación similar. Una situación de lo más impropia y ofensiva. No me queda más remedio que buscarle una explicación.

Tragó saliva y bufó su irritación.

—Tome asiento, haga el favor, señor Scott Eccles —dijo Holmes en tono tranquilizador—. En primer lugar, debo preguntarle por qué acudió a mí.

—Verá, señor, no me parecía adecuado acudir a la policía por este asunto, pero, cuando se entere de los hechos, admitirá que no podía dejar las cosas como estaban. No albergo la menor simpatía hacia los detectives privados, pero, no obstante, como había oído hablar de usted...

—Le entiendo perfectamente. Pero, en segundo lugar, ¿por qué no vino enseguida?

—¿Qué quiere decir?

Holmes miró su reloj.

—Son las dos y cuarto —dijo—. Su telegrama fue enviado alrededor de la una. Pero un vistazo basta para advertir que sus problemas comenzaron desde el mismo momento en que se despertó esta mañana.

Nuestro cliente alisó sus cabellos revueltos y se palpó la barbilla sin afeitar.

—Tiene usted razón, señor Holmes. Ni por un momento pensé en arreglarme. Lo único que quería era salir como fuese de aquella casa. Pero antes de venir he ido de un lado para otro, haciendo algunas averiguaciones. Fui a la inmobiliaria y me contaron que el señor García pagaba religiosamente el alquiler y que todo estaba en orden en el pabellón Wisteria.

—Vamos, vamos, caballero —dijo Holmes, riendo—. Se parece usted a mi amigo Watson, que tiene la manía de contar sus historias empezando por el final. Por favor, ordene sus ideas y cuénteme, desde el principio, los sucesos que le han impulsado a salir de casa sin peinarse ni arreglarse, con botas de vestir y los botones del chaleco mal abrochados, en busca de consejo y ayuda.

Nuestro cliente bajó los ojos para contemplar, con expresión lastimosa, su poco convencional apariencia.

—Estoy seguro de que produzco una muy mala impresión, señor Holmes, y no creo que me haya ocurrido una cosa semejante en toda mi vida. Le contaré el extrañísimo suceso y, cuando haya acabado, estoy seguro de que usted tendrá que admitir que tengo una buena excusa para disculpar mi aspecto.

Pero su relato se vio interrumpido antes de comenzar. Se oyó un gran ajetreo que procedía del exterior y la señora Hudson abrió la puerta para hacer pasar a dos individuos robustos, con aspecto de pertenecer a la policía. Conocíamos bien a uno de ellos, el inspector Gregson, de Scotland Yard, un enérgico, valeroso y, a pesar de sus limitaciones, competente inspector de policía. Intercambió con Holmes un apretón de manos y presentó a su camarada, el inspector Baynes, de la policía de Surrey.

—Hemos salido juntos de caza, señor Holmes, y el rastro apuntaba en esta dirección.

Posó sus ojos de bulldog sobre nuestra visita.

—¿Es usted el señor John Scott Eccles, de Popham House, Lee?

—Lo soy.

—Le hemos estado siguiendo durante toda la mañana.

—Sin duda, lo han encontrado gracias al telegrama —dijo Holmes.

—Exacto, señor Holmes. Encontramos el rastro en la oficina de correos de Charing Cross y lo seguimos hasta aquí.

—Pero ¿por qué me están siguiendo? ¿Qué es lo que quieren?

—Señor Eccles, queremos oír su declaración acerca de los hechos que desembocaron en la muerte del señor Aloysius García, del pabellón Wisteria, cerca de Esher.

Nuestro cliente se había erguido en su asiento con los ojos desorbitados y sin el menor asomo de color en su asombrado rostro.

—¿Muerto? ¿Dice usted que está muerto?

—Sí, señor, está muerto.

—Pero ¿cómo? ¿Ha sufrido un accidente?

—Se trata de un asesinato, si alguna vez se cometió alguno sobre la faz de la tierra.

—¡Santo Dios! ¡Es espantoso! No querrá decir usted... No querrá decir que se me considera sospechoso, ¿verdad?

—Se encontró una carta suya en el bolsillo del difunto, por la que supimos que usted había planeado pasar la pasada noche en su casa.

—Y eso hice.

—Oh, lo hizo, ¿verdad?

El oficial sacó su libro de notas reglamentario.

—Espere un momento, Gregson —dijo Sherlock Holmes—. Todo lo que usted quiere es un sencillo relato de los hechos, ¿no es cierto?

—Y es mi obligación advertir al señor Scott Eccles de que lo que diga puede ser empleado en su contra.

—El señor Eccles estaba a punto de contárnoslo todo cuando ustedes entraron en la habitación. Creo, Watson, que un vaso de soda con brandi no le hará ningún mal. Ahora, caballero, le sugiero que, sin preocuparse por la recién llegada audiencia, prosiga con su narración, de la misma manera que lo hubiera hecho si nadie le hubiese interrumpido.

Nuestro visitante se había tomado el brandi de un trago y el color había regresado a su cara. Después de dirigir una mirada recelosa al cuaderno de notas del inspector, se lanzó a desgranar su extraordinario relato.

—Soy soltero —dijo— y, siendo de carácter sociable, cultivo un gran número de amistades. Entre ellas se encuentra la familia de un cervecero retirado que se apellida Melville y que vive en Albermarle Mansion, Kensington. Hace algunas semanas conocí en su mesa a un joven llamado García. Según entendí entonces, era hijo de españoles y estaba relacionado, de alguna manera, con la embajada. Hablaba un inglés perfecto, era de modales agradables, y jamás he visto a un joven mejor parecido.

»El hecho es que este joven y yo entablamos amistad. Le caí bien desde el principio y dos días después de que nos conociésemos vino a visitarme a Lee. Una cosa llevó a la otra y acabó por invitarme a pasar un par de días en su casa, el pabellón Wisteria, entre Esher y Oxshott. Ayer por la tarde me encaminé a Esher para cumplir con el compromiso.

»Ya me había descrito su casa antes de que fuese a visitarle. Vivía con un criado fiel, compatriota suyo, que se ocupaba de todas sus necesidades. Este hombre hablaba inglés y se encargaba de todas las tareas de la casa. Tenía, además, un estupendo cocinero, según me dijo, un mestizo que se había traído de uno de sus viajes, y que nos serviría una cena excelente. Recuerdo que me comentó que era realmente extraña una casa como aquella en el corazón de Surrey, algo con lo que estuve de acuerdo, aunque todavía no sabía lo extraño que podía llegar a resultar aquel lugar.

»Llegué en coche a la casa, que se encuentra a unas dos millas al sur de Esher. El lugar es relativamente grande y se alza a cierta distancia de la carretera, con la que está unido por una avenida rodeada de arbustos de hoja perenne. Se trata de un edificio viejo y destartalado, en un lamentable estado de ruina. Cuando el coche se detuvo en el camino cubierto de hierba frente a la puerta, que estaba llena de manchas originadas por las inclemencias del tiempo, dudé si había hecho bien en visitar a un hombre al que conocía tan poco. Sin embargo, él mismo abrió la puerta y me saludó con gran cordialidad. Luego me puso en manos de su criado, un individuo moreno y melancólico que me condujo, llevando mi maleta, hasta mi dormitorio. El lugar resultaba deprimente. Cenamos *tête-à-tête*, y, aunque mi anfitrión hizo cuanto pudo para mantener una conversación agradable, parecía que sus pensamientos estuviesen en otra parte; hablaba tan vagamente y de forma tan apasionada que apenas podía entender lo que decía. Tamborileaba constantemente con los dedos en la mesa, se mordía las uñas y mostraba otras señales de impaciencia. La misma cena no estaba ni bien cocinada ni bien servida, y la sombría presencia del taciturno sirviente no ayudó a animarnos. Puedo asegurarles que, durante el transcurso de la velada, varias veces deseé que se me ocurriera alguna excusa para regresar a Lee.

»En este momento me viene a la memoria algo que podría estar relacionado con el asunto que están investigando ustedes. En aquel momento no le di ninguna importancia. Estábamos terminando de cenar cuando el sirviente le entregó una nota. Me fijé en que, después de leerla, mi anfitrión se mostraba aún más distraído y alterado que antes. Renunció a demostrar cualquier interés en seguir manteniendo una conversación y se sentó a fumar un cigarrillo tras otro, perdido en sus pensamientos, pero no hizo ningún comentario acerca de lo que le pasaba por la cabeza. Cuando dieron las once, me alegré de poder retirarme a descansar. Poco tiempo después, García se asomó a mi habitación, que estaba ya a oscuras, a preguntar si había tocado yo la campanilla. Le respondí que no. Se disculpó por haberme molestado a una hora tan tardía, comentando que era cerca de la una. Acto seguido, me quedé dormido profundamente durante toda la noche.

»Y ahora llegamos a la parte más asombrosa de mi historia. Cuando desperté era pleno día. Consulté mi reloj, eran casi las nueve. Había insistido en que me llamaran a las ocho, así que me sorprendió mucho aquel descuido. Me levanté de un salto e hice sonar la campanilla para que acudiera el sirviente. No hubo respuesta. Hice sonar la campanilla una y otra vez, con similar resultado. Entonces llegué a la conclusión de que la campanilla estaba estropeada. Me vestí rápidamente, apresurándome escaleras abajo y de muy mal humor, con la intención de pedir agua caliente. Podrán imaginar mi sorpresa cuando me di cuenta de que no había nadie en la casa. Llamé a gritos desde el vestíbulo. No hubo respuesta. Luego fui de habitación en habitación. Todas estaban vacías. La noche anterior mi anfitrión me había mostrado cuál era su dormitorio, así que llamé a su puerta. Nadie respondió. Moví el pestillo y entré. La habitación estaba vacía, no había dormido nadie en la cama. Se había marchado con los demás. ¡El anfitrión extranjero, el lacayo extranjero, el cocinero extranjero se habían desvanecido durante la noche! Así terminó mi visita al pabellón Wisteria.

Sherlock Holmes se frotaba las manos y reía por lo bajo ante la oportunidad de añadir aquel extraño incidente a su colección de episodios extraordinarios.

—Hasta donde yo sé, lo que le ha ocurrido es algo único —dijo—. ¿Puedo preguntarle qué es lo que hizo a continuación?

—Estaba furioso. Lo primero que pensé es que era víctima de alguna broma de mal gusto. Hice el equipaje, salí dando un portazo y me marché en dirección a Esher, maleta en mano. Pasé por el establecimiento de Allan Brothers, los agentes inmobiliarios más importantes del pueblo, y descubrí que la casa había sido alquilada a través de su agencia. Se me ocurrió que todo aquel enredo no podía tener como único objetivo burlarse de mí, y que, seguramente, el propósito del señor García era no pagar el alquiler. Estamos a finales de marzo, de modo que pronto tendrá que abonar el trimestre. Pero esta teoría se demostró errónea. El agente me agradeció el aviso, pero me dijo que el alquiler ya se había pagado por adelantado. Entonces me dirigí a la ciudad y pasé por la embajada de España. Allí no conocían a García. Acto seguido me dirigí a ver a Melville, en cuya casa me habían presentado a García, solo para descubrir que él sabía aún menos que yo. Por último, al recibir su telegrama de contestación, vine a visitarle, puesto que tenía entendido que usted se dedicaba a aconsejar a la gente que acude con casos difíciles. Y ahora, señor inspector, deduzco, por lo que usted dijo cuando entró en esta habitación, que la historia continúa y que ha ocurrido una tragedia. Puedo asegurarle que todo lo que les he contado es la pura verdad y que, aparte de eso, no sé nada en absoluto acerca del destino de este hombre. Mi único deseo es ayudar a la justicia en todo lo que pueda.

—Estoy convencido de ello, señor Scott Eccles, estoy convencido de ello —dijo el inspector Gregson en tono amistoso—. No me queda más remedio que confirmar que todo lo que nos ha contado concuerda con los datos que han llegado a nuestro conocimiento. Por ejemplo, veamos, la nota que llegó durante la cena. ¿Tuvo oportunidad de ver qué hizo con ella?

—Sí. García la arrugó y la arrojó al fuego.

—¿Qué me dice usted a eso, señor Baynes?

El detective rural era un hombre voluminoso, mofletudo y de tez colorada, cuyo rostro solo se salvaba de resultar grosero gracias al brillo extraordinario de sus ojos, casi ocultos detrás de los gordos pliegues de su ceño y sus mejillas. Sonriendo lentamente, extrajo de su bolsillo una hoja de papel doblada y descolorida.

—Tenía una cesta de chimenea, señor Holmes, y lanzó la bola de papel por encima. La recogí, casi intacta, de la parte trasera del hogar.

Holmes sonrió, expresando su satisfacción.

—Debe haber examinado usted la casa con mucho cuidado si ha logrado encontrar esta bola de papel.

—Así es, señor Holmes. Es mi costumbre. ¿Quiere que la lea, señor Gregson?

El policía londinense asintió.

—La nota está escrita en papel corriente, color crema, sin marcas de agua. Es de tamaño cuartilla y la han cortado dos veces con unas tijeras pequeñas. La han doblado tres veces, sellándola apresuradamente con lacre y aplastándola con un objeto plano y ovalado. Va dirigida al señor García, del pabellón Wisteria. Reza así:

> Nuestros colores, verde y blanco. Verde abierto; blanco cerrado.
> Escalera principal, primer pasillo, séptima a la derecha, paño verde.
> Que Dios le acompañe.
>
> D.

La caligrafía es de una mujer, escrita con una pluma de punta fina, pero las señas se anotaron con otra pluma, o fueron escritas por otra persona, porque la letra es más gruesa y de rasgos más enérgicos.

—Una carta muy curiosa —dijo Holmes, mirándola de arriba abajo—. Debo felicitarle, señor Baynes, por la atención al detalle que ha demostrado al examinarla. Quizá podrían añadirse algunos detalles insignificantes. Estoy convencido de que el sello oval es un gemelo de manga... ¿Qué otra cosa tiene esa forma? Las tijeras eran tijeras para cortar uñas, de punta curvada. A pesar de lo pequeños que son los cortes, se observa claramente en ambos la misma ligera curva.

El detective rural rio.

—Creía que ya le había extraído todo el jugo, pero ya veo que aún le quedaban algunas gotas —dijo—. Lo único que puedo afirmar sobre el contenido de la nota es que ambos se traían algo entre manos y que, como suele ocurrir, una mujer está detrás de todo.

El señor Scott Eccles se removía en su asiento mientras hablaban.

—Me alegro de que hayan descubierto esa carta que viene a corroborar mi historia —dijo—. Pero me gustaría hacerles notar que no me han contado aún lo que le ha ocurrido al señor García, ni qué ha sido de sus criados.

—En lo que a García respecta —dijo Gregson—, es una pregunta sencilla de responder. Esta mañana lo encontraron muerto en Oxshott Common, a una milla de su casa. Le habían destrozado la cabeza hasta reducirla a pulpa golpeándole salvajemente con un saco de arena o un instrumento similar, que, más que herirle, le había aplastado los huesos. Se trata de un rincón solitario, no hay una casa en cuarto de milla de distancia. Parece ser que el primer golpe fue asestado desde atrás, pero su asaltante continuó golpeándole mucho tiempo después de muerto. Fue una agresión salvaje. No hay huellas, ni ninguna otra pista que indique quiénes fueron los autores.

—¿Le robaron?

—No, no se advierte ningún indicio de robo.

—Esto es muy doloroso..., doloroso y terrible —dijo el señor Scott Eccles, con voz quejumbrosa—. Y yo me encuentro en una posición extremadamente difícil. No he tenido nada que ver en la excursión nocturna de mi anfitrión, ni en su espantoso final. ¿Cómo he llegado a verme envuelto en semejante asunto?

—Muy sencillo, señor —respondió el inspector Baynes—. El único documento que encontramos en el bolsillo del fallecido fue una carta escrita por usted en la que decía que iría a visitarle en la noche en que murió. Gracias al sobre de su carta supimos quién era el fallecido y dónde vivía. Esta mañana llegamos a su casa pasadas las nueve y no le encontramos ni a usted ni a nadie más. Telegrafié al señor Gregson para que le buscase en Londres mientras yo registraba el pabellón Wisteria. Después vine a la ciudad, me reuní con el señor Gregson y aquí estamos.

—Creo —dijo Gregson levantándose— que lo mejor que podríamos hacer ahora es hacer oficial el asunto. Señor Scott Eccles, usted vendrá con nosotros a comisaría, donde pondremos por escrito su declaración.

—Iré con ustedes, desde luego. Pero, señor Holmes, espero que siga prestándome sus servicios. Me gustaría que no ahorrase gastos o esfuerzos en llegar al fondo de este asunto.

Mi amigo se volvió hacia el inspector rural.

—Supongo que no tendrá inconveniente en que colabore con usted, señor Baynes.

—Me sentiré muy honrado, señor.

—Creo que ha actuado hasta ahora con gran diligencia y rapidez. ¿Puedo preguntarle si encontraron alguna pista acerca de la hora en que la víctima halló la muerte?

—Llevaba allí desde la una de la madrugada. A esa hora llovía, y estamos seguros de que murió antes de que comenzase a llover.

—Pero eso es completamente imposible, señor Baynes —exclamó nuestro cliente—. Tenía una voz inconfundible. Estaría dispuesto a jurar que era él quien se dirigió a mí a esa misma hora en mi dormitorio.

—Extraordinario, pero no imposible —dijo Holmes, sonriendo.

—¿Tiene alguna teoría? —preguntó Gregson.

—A primera vista, el caso no parece muy complejo, aunque presenta ciertos rasgos inéditos e interesantes. Necesitaría conocer mejor los hechos antes de aventurar una opinión definitiva. Por cierto, señor Baynes, ¿al examinar la casa no encontró nada de interés, aparte de esa carta?

El detective miró a mi amigo de una manera singular.

—Sí, encontré una o dos cosas muy extrañas —respondió—. Es posible que cuando haya acabado en la comisaría de policía quiera usted venir a verme y darme su opinión sobre ellas.

—Estoy completamente a su servicio —dijo Sherlock Holmes, haciendo sonar la campanilla—. Acompañe a estos caballeros a la salida, señora Hudson, y tenga la bondad de enviar al botones a despachar este telegrama, que lleva una contestación pagada de cinco chelines.

Permanecimos un rato sentados en silencio después de que se marcharan nuestros visitantes. Holmes fumaba intensamente, el ceño fruncido sobre sus ojos penetrantes y la cabeza echada hacia delante, con la expresión impaciente que le caracterizaba.

—Y bien, Watson —preguntó, volviéndose hacia mí—, ¿qué opina del asunto?

—No alcanzo a encontrar ninguna explicación a lo ocurrido al señor Scott Eccles.

—¿Y el crimen?

—Bueno, teniendo en cuenta la desaparición del servicio, me atrevo a decir que estaban de algún modo involucrados en el crimen y que han huido de la justicia.

—Desde luego, es una posibilidad. Sin embargo, debe usted reconocer que resulta muy extraño que los dos sirvientes se hubieran conjurado contra él y que le atacasen la misma noche en que recibía a un invitado, cuando podían tenerlo solo y a su merced cualquier otro día de la semana.

—Entonces, ¿por qué huyeron?

—Cierto. ¿Por qué huyeron? Ese es el hecho trascendental. Otro hecho importante es el extraordinario suceso ocurrido a nuestro cliente, Scott Eccles. Ahora bien, mi querido Watson, ¿está acaso fuera de los límites de la inteligencia humana elaborar una explicación que comprenda estos dos hechos capitales? Si existiese dicha explicación, y abarcase también la misteriosa carta y su curiosa fraseología, quizá valdría la pena aceptarla como hipótesis de trabajo. Si los nuevos hechos que lleguen a nuestro conocimiento encajan en la teoría, quizá nuestra hipótesis se convierta gradualmente en la solución.

—Pero ¿cuál es nuestra hipótesis?

Holmes se reclinó en su butaca con los ojos entornados.

—Debe admitir, mi querido Watson, que la idea de una broma es inaceptable. Estaban en marcha acontecimientos muy serios, y las consecuencias demostraron que atraer a Scott Eccles al pabellón Wisteria estaba relacionado con ellos.

—¿Y cuál puede ser esa relación?

—Vayamos eslabón por eslabón. A simple vista, hay algo fuera de lo corriente en la extraña y repentina amistad que mantenían el joven español y Scott Eccles. Fue el joven el que aceleró las cosas. Al día siguiente de conocerse, fue a visitar a Eccles al otro extremo de Londres, y se mantuvo en estrecho contacto con él hasta que logró que le devolviese la visita. Ahora bien, ¿qué quería de Eccles? ¿Qué era lo que este le podía proporcionar? A mí no me parece alguien especialmente carismático ni inteligente, no se trata de un hombre que pueda congeniar con un ingenioso latino.

¿Por qué, pues, de entre todas las personas que se ajustaban a sus propósitos, escogió precisamente a Eccles? ¿Posee alguna cualidad destacable? Afirmo que así es. Eccles es la respetabilidad británica encarnada, el hombre que, como testigo, mejor impresión puede causar en otro inglés. Usted mismo ha podido comprobar cómo ninguno de los inspectores ha soñado, ni por un instante, en poner en tela de juicio su declaración, por extraordinaria que haya sido.

—Pero ¿qué es lo que tendría que declarar como testigo?

—Tal como salieron las cosas, nada; pero si hubieran salido de manera distinta habría sido todo. Así es como veo el asunto.

—Entiendo, Eccles hubiese proporcionado la coartada.

—Exacto, mi querido Watson, hubiese proporcionado la coartada. Supongamos, por seguir con la argumentación, que la servidumbre del pabellón Wisteria se había confabulado para llevar a cabo un determinado plan. Y que este plan, sea el que sea, tiene que ejecutarse, digamos, antes de la una de la madrugada. Es posible que, manipulando los relojes, lograsen que Scott Eccles se acostase antes de lo que pensaba; pero, en cualquier caso, es probable que cuando García se dirigió al cuarto para decirle que era la una, no fuesen más de las doce. Suponiendo que García hiciese lo que tenía planeado hacer y regresara a la hora mencionada, es evidente que disponía de una convincente coartada contra cualquier acusación. Tendría a un inglés irreprochable dispuesto a jurar ante cualquier tribunal de justicia que el acusado no salió de casa. Era un seguro contra lo peor.

—Sí, sí, lo entiendo. Pero ¿y la desaparición de la servidumbre?

—Aún no dispongo de todos los datos, pero no creo que las dificultades que tenemos ante nosotros sean insuperables. Además, es un error emitir juicios sin conocer todos los hechos. Con ello lo único que se consigue es retorcerlos para acomodarlos a las teorías que uno se ha forjado.

—¿Y el mensaje?

—¿Qué decía? «Nuestros colores son el verde y el blanco.» Suena a carrera de caballos. «Verde abierto; blanco cerrado.» Evidentemente, se refiere a una señal. «Escalera principal, primer pasillo, séptima a la derecha, paño verde.» Esto es una cita. Quizá encontremos a un marido celoso detrás de todo el asunto. En todo caso, se trataba de una aventura peligrosa. De no haberlo sido, no se habría despedido con un «Que Dios le acompañe. D»... Esto debería ser una pista.

—El tipo era español. Creo que «D» es la inicial de Dolores, un nombre de mujer muy corriente en España.

—Bien Watson, muy bien; pero completamente falto de lógica. Una española hubiese escrito en español a un compatriota. La persona que escribió esta carta es, sin género de dudas, inglesa. Bien, lo mejor será que nos armemos de paciencia hasta que nuestro competente inspector vuelva por aquí. Mientras tanto, podemos agradecer al destino que nos haya librado, durante unas pocas horas, del insufrible tedio de la inactividad.

∝

Antes de que regresase nuestro inspector de Surrey, llegó la contestación al telegrama de Holmes. El propio Holmes la leyó, y estaba a punto de guardarla en su cuaderno de notas cuando se fijó en la expresión de expectación que aparecía dibujada en mi rostro. Me la tiró, riéndose.

—Nos movemos entre gente de alta alcurnia —dijo. El telegrama era una lista de nombres y direcciones:

Lord Harringby, The Dingle; sir George Ffolliott, Oxshott Towers; Mr. Hynes Hynes, J. P., Purdey Place; Mr. James Baker Williams, Forton Old Hall; Mr. Henderson, High Gable; reverendo Joshua Stone, Nether Walsling.

—Esta es una manera muy sencilla de acotar nuestro campo de operaciones —dijo Holmes—. Sin duda, Baynes, siendo un hombre metódico, ya habrá trazado un plan similar.

—Creo que no le entiendo.

—Bueno, mi querido amigo, usted mismo ha llegado a la conclusión de que el mensaje que García recibió durante la cena era una cita o un encuentro romántico. Ahora bien, si la interpretación literal de la carta es correcta y para encontrarse en el lugar de la cita tiene uno que subir por la escalera principal y dirigirse a la séptima puerta del pasillo, es evidente que se trata de una casa grande. Es igualmente seguro que esta casa debe encontrarse en un radio de una milla o dos alrededor de Oxshott, puesto que García iba en esa dirección, y, según mis cálculos, esperaba estar de vuelta en Wisteria a tiempo para que su coartada tuviese algún valor, ya que solo sería válida hasta la una de la madrugada. Y, dado que el número de casas grandes cercanas a Oxshott debe ser limitado, tomé la obvia medida de solicitar a los agentes inmobiliarios mencionados por Scott Eccles una lista de estas. Son las que aparecen en este telegrama y el otro extremo de este enmarañado asunto debe encontrarse entre ellas.

༄

Eran casi las seis de la tarde cuando llegamos a la bonita aldea de Esher, en Surrey, acompañados por el inspector Baynes.

Holmes y yo llevábamos todo lo necesario para pasar allí la noche, y obtuvimos unas cómodas habitaciones en el Bull. Por último, nos dirigimos junto al detective a realizar nuestra visita al pabellón Wisteria. Era una tarde oscura y fría de marzo, y un viento cortante y una fina lluvia nos golpeaban el rostro; una atmósfera acorde al inhóspito prado comunal que atravesamos en nuestro camino, y al trágico objetivo hacia el que nos dirigíamos.

II
El Tigre de San Pedro

Un frío y melancólico paseo de un par de millas nos condujo hasta un alto pórtico de madera que daba paso a una lóbrega avenida bordeada de castaños. La sombría avenida iba formando una curva hasta desembocar en una casa baja y oscura, que se alzaba negra como boca de lobo contra el cielo color pizarra. El brillo de una débil luz se filtraba por la ventana delantera, a la izquierda de la puerta.

—Hay un agente de guardia en la casa —dijo Baynes—. Llamaré a la ventana.

Cruzó el césped y dio unos golpecitos en el cristal. A través del vidrio empañado atisbé la difusa figura de un hombre que se levantaba de un salto de una silla situada junto al fuego, y pude oír el agudo grito que provenía del interior de la habitación. Un momento después, un agente de policía pálido y jadeante nos abrió la puerta, la luz de la vela se agitaba en su mano temblorosa.

—¿Qué ocurre, Walters? —preguntó Baynes, secamente.

El hombre se enjugó la frente con un pañuelo y emitió un largo suspiro de alivio.

—Me alegro de que haya venido, señor. Ha sido una tarde muy larga y me temo que mis nervios ya no son lo que eran.

—¿Sus nervios, Walters? Jamás hubiera pensado que tuviese usted un solo nervio en el cuerpo.

—Bueno, señor, es culpa de esta silenciosa y solitaria casa, y esas cosas raras que hemos encontrado en la cocina. Así que cuando usted llamó a la ventana, pensé que aquello había vuelto.

—¿A qué se refiere?

—Lo que fuese, que igual podía ser el demonio. Apareció en la ventana.

—¿Qué es lo que había en la ventana y cuándo lo vio?

—Hará cosa de dos horas. Empezaba a oscurecer. Yo estaba sentado en la silla, leyendo. No sé por qué levanté la vista, pero cuando lo hice vi un rostro devolviéndome la mirada a través del cristal. ¡Santo Cielo, y qué rostro! Se me aparecerá en sueños.

—Vamos, vamos, Walters. Esa no es manera de hablar para un agente de policía.

—Lo sé, señor, lo sé; pero me impresionó, no puedo negarlo. No era negro ni blanco, ni de ningún color que yo conozca; aquel rostro tenía una extraña tonalidad, como si fuese arcilla salpicada con leche. Y luego está su tamaño... Su cabeza era el doble de grande que la de usted. Y su mirada; aquellos enormes ojos saltones, y los dientes blancos, como los de un animal salvaje y hambriento. Le aseguro, señor, que fui incapaz de mover un dedo, ni de recobrar el aliento, hasta que se apartó de la ventana y desapareció. Salí corriendo de la casa, atravesé los arbustos, pero, gracias a Dios, no había nadie allí.

—Si no supiera que es usted un buen hombre, Walters, pondría una cruz negra junto a su nombre. Ni aunque del diablo en persona se tratase, debe un policía de servicio agradecer a Dios que no haya podido echarle el guante a su presa. ¿No habrá sido nada más que una alucinación provocada por los nervios?

—Eso, al menos, es fácil de comprobar —dijo Holmes, encendiendo su pequeña linterna de bolsillo—. Sí —dijo después de efectuar un rápido examen del césped—. Un zapato del doce,[2] diría yo. Si su cuerpo va en proporción a su pie, con toda seguridad debe tratarse de un gigante.

—¿Qué ha sido de él?

—Creo que se abrió paso por los arbustos y llegó a la carretera.

—Bien —dijo el inspector, con expresión grave y pensativa—, quienquiera que fuese, y quisiese lo que quisiese, se ha marchado, y asuntos más apremiantes nos esperan. Señor Holmes, con su permiso, le enseñaré la casa.

Tras un minucioso registro, no se encontró nada relevante en los diferentes dormitorios y salones. Por lo que se veía, los inquilinos habían traído poco o nada con ellos, y alquilaron la casa completamente amueblada, hasta el último detalle. Habían dejado una buena cantidad de ropa amontonada con la etiqueta de Marx and Co., High Holborn. Se habían hecho ya averiguaciones por telégrafo que demostraron que Marx no sabía nada de su cliente, salvo que era buen pagador. Entre los efectos personales que se encontraron había varios cachivaches: unas pipas; algunas novelas, dos de ellas en español; un anticuado revólver de percusión por aguja; y una guitarra.

—Todo esto no nos sirve de nada —dijo Baynes, yendo de habitación en habitación con la vela en la mano—. Ahora bien, le invito a que preste atención a lo que hay en la cocina, señor Holmes.

Se trataba de una lóbrega estancia de techo alto situada en la parte trasera de la casa, con un jergón de paja en una esquina, que, aparentemente, el cocinero empleaba como cama. En la mesa se apilaban los platos sucios y las bandejas con los restos de la cena anterior.

---

2   Un cuarenta y cuatro, más o menos. *(N. de la T.)*

—Mire aquí —dijo Baynes—. ¿Qué opina de esto?

Alzó la vela, iluminando un extraordinario objeto colocado sobre el aparador. Aparecía tan arrugado, encogido y marchito que era difícil averiguar de qué se trataba. Solo podía afirmarse con seguridad que era negro y correoso, similar al cuero, y que guardaba un vago parecido con una figura humana. Al examinarlo, creí en un principio que se trataba de un bebé negro momificado, y luego me pareció un mono muy viejo y deforme. Finalmente, me quedó la duda de si aquello era animal o humano. Una doble banda de conchas blancas le ceñía la cintura.

—¡Muy interesante..., muy interesante, desde luego! —dijo Holmes mientras examinaba aquellos restos siniestros—. ¿Algo más?

Baynes nos condujo hasta el fregadero sin decir palabra y alzó la vela. Estaba cubierto con los restos del cuerpo y los miembros de un ave grande y blanca, despedazada salvajemente y sin desplumar. Holmes señaló las barbas del gallo, que aún se podían distinguir en la cabeza arrancada.

—Es un gallo blanco —dijo—. ¡Interesantísimo! Estamos ante un caso insólito.

Pero el señor Baynes se había guardado para el final el más siniestro de sus hallazgos. Sacó de debajo del fregadero un cubo de cinc que contenía cierta cantidad de sangre, y, acto seguido, retiró de la mesa una fuente donde había un montón de huesos chamuscados.

—Aquí han matado algo y luego lo han incinerado. Todos estos huesos los encontramos en el hogar. Esta mañana trajimos a un doctor. Dice que no son humanos.

Holmes sonrió, frotándose las manos.

—Debo felicitarle, inspector, por la manera en que ha llevado este caso tan peculiar y tan instructivo. No quisiera ofenderle, pero creo que sus dotes detectivescas deben ser muy superiores a las oportunidades que se le presentan para demostrarlas.

Los ojillos del inspector brillaban de satisfacción.

—Tiene usted razón, señor Holmes. Aquí, en provincias, nos estancamos. Un caso como este supone para mí una oportunidad y confío en aprovecharla. ¿Qué opina de estos huesos?

—Yo diría que son de un cordero o de un cabrito.

—¿Y el gallo blanco?

—Un detalle curioso, señor Baynes, muy curioso. Me atrevería a decir que único.

—Sí, señor, en esta casa debe haber vivido gente muy extraña, de costumbres muy extrañas. Uno de ellos ha muerto. ¿Serían sus compañeros los que le siguieron y le mataron? Si es obra suya, les atraparemos; tenemos vigilados todos los puertos. Pero tengo una opinión distinta. Sí, señor, tengo una opinión muy distinta.

—¿Entonces ya tiene usted una teoría?

—Y quiero probarla yo mismo, señor Holmes. Debo hacerlo por méritos propios. Usted ya se ha hecho un nombre, pero yo todavía tengo que hacerme el mío. Me alegraría que, después de resolver el asunto, pudiera decir que lo logré sin su ayuda.

Holmes rio de buena gana.

—Bien, bien, inspector —dijo—. Siga su camino y yo seguiré el mío. De buena gana pondré mis resultados a su servicio, si no encuentra usted inconveniente en solicitármelos. Creo que ya he visto todo lo que tenía que ver en esta casa, el tiempo del que dispongo podría emplearse con mayor provecho en cualquier otro lugar. *Au revoir,* ¡y buena suerte!

Podía afirmar, por muchos detalles sutiles que hubiesen pasado desapercibidos para cualquiera excepto para mí, que Holmes seguía un rastro aún fresco. A pesar de que un observador casual lo habría encontrado tan impasible como siempre, sus ojos brillantes y sus gestos enérgicos delataban una ansiedad contenida y una tensión apenas disimulada, por lo que supe con seguridad que la caza había comenzado. Su costumbre era no decir nada y la mía era no hacer preguntas. Me conformaba con participar en la cacería y prestarle mi humilde ayuda para atrapar a la presa, sin distraer con interrupciones innecesarias la atención de aquel penetrante cerebro. Todo llegaría a su debido tiempo.

Así que me limité a esperar; pero para mi cada vez mayor desilusión esperé en vano. Pasó un día tras otro, y mi amigo no avanzó un paso. Estuvo una mañana en la ciudad, y supe, por un comentario casual, que había visitado el Museo Británico. Excepto por esta única excursión, empleó los siguientes días en dar largas, y a menudo solitarias, caminatas o en charlar con la gente de las aldeas, cuya amistad se había granjeado.

—Watson, estoy seguro de que una semana en el campo le vendrá de perlas —comentó—. Es realmente agradable contemplar los primeros brotes en los setos y las primeras candelillas en los avellanos. Con una escarda, una caja de latón y un libro de botánica elemental, podría disfrutar usted de unas jornadas muy instructivas.

Él mismo iba de un lado para otro cargando con estas herramientas, pero el surtido de plantas que traía cada noche era muy escaso.

A veces, durante nuestros paseos nos encontrábamos con el inspector Baynes. Su orondo y enrojecido rostro se retorcía en sonrisas y sus ojillos brillaban cuando saludaba a mi compañero. Hablaba poco del caso, pero, por lo que nos contó, supimos que se encontraba satisfecho con el curso de sus investigaciones. Sin embargo, debo admitir que me vi algo sorprendido cuando, unos cinco días después del crimen, abrí el periódico matutino y me encontré con el siguiente titular escrito en grandes letras:

EL MISTERIO DE OXSHOTT
A PUNTO DE RESOLVERSE
DETENCIÓN DEL PRESUNTO ASESINO

Al leer este titular, Holmes se levantó de su asiento como si le hubiesen aguijoneado.

—¡Por Júpiter! —exclamó—. ¿No me diga que Baynes ya le ha atrapado?

—Eso parece —dije, y leí la siguiente noticia:

Se ha producido una gran conmoción en toda la comarca de Esher al saberse que a última hora de la pasada noche se había efectuado un arresto relacionado con el asesinato de Oxshott. Nuestros lectores recordarán que el señor García, del pabellón Wisteria, fue encontrado muerto en Oxshott Common. Su cadáver mostraba señales de haber sido víctima de una agresión brutal, y aquella misma noche huyeron su cocinero y su sirviente, lo que parecía demostrar su participación en el crimen. Se apuntó la idea, que no llegó a demostrarse, de que el caballero fallecido podría guardar en su casa objetos de valor, y que el móvil del crimen habría sido el robo de estos. El señor Baynes, encargado del caso, dedicó todos sus esfuerzos a descubrir dónde se refugiaban los fugitivos, teniendo buenas razones para creer que no se encontrarían muy lejos y que estarían escondidos en una guarida secreta previamente preparada. Sin embargo, desde el primer momento se tuvo la certidumbre de que llegarían a dar con su paradero, puesto que el cocinero, según declaraciones de algunos de los proveedores de la casa que tuvieron ocasión de verlo por la ventana, era un hombre cuyo aspecto era de lo más llamativo. Se trata de un mulato gigantesco y feísimo, de tez amarillenta, pero de rasgos marcadamente negroides. Se volvió a ver a este individuo con posterioridad al crimen, pues tuvo la audacia de regresar al pabellón Wisteria; esa misma tarde el inspector Walters lo descubrió y se lanzó en su persecución. El inspector Baynes, considerando que dicha visita tenía algún propósito concreto y que, por tanto, se repetiría, dejó la casa sin vigilancia, pero dispuso a varios agentes escondidos en la maleza. El cocinero cayó en la trampa y fue capturado la pasada noche tras un forcejeo, durante el cual el inspector Downing fue gravemente mordido por el salvaje. Tenemos entendido que, cuando el prisionero se presente ante los magistrados, la policía solicitará para él la prisión preventiva, y se espera que esta detención proporcione grandes novedades al caso.

—No nos queda más remedio que ir a visitar enseguida a Baynes —exclamó Holmes, tomando su sombrero—. Le alcanzaremos antes de que salga de casa.

Nos apresuramos por la calle principal de la aldea y, como esperábamos, le encontramos cuando salía de sus habitaciones.

—¿Ha leído el periódico, señor Holmes? —preguntó, alargándonos un ejemplar.

—Sí, Baynes, lo he visto. Por favor, déjeme tomarme la libertad de aconsejarle que se mantenga alerta.

—¿Alerta por qué, señor Holmes?

—He estudiado este caso con especial atención y no estoy seguro de que vaya usted en la dirección correcta. No quiero que se interne demasiado por ese camino, a menos que tenga usted la completa seguridad de lo que hace.

—Es usted muy amable, señor Holmes.

—Le aseguro que se lo digo por su bien.

Por un instante, me pareció advertir en uno de los ojillos del señor Baynes un ligero temblor, similar a un guiño.

—Señor Holmes, habíamos acordado que cada cual llevaría el asunto siguiendo sus propias directrices. Eso es lo que estoy haciendo.

—Oh, entonces retiro lo dicho —dijo Holmes—. No me malinterprete.

—No, señor; estoy convencido de que lo decía por mi bien. Pero todos tenemos nuestra manera de trabajar, señor Holmes. Usted tiene la suya y quizá yo tenga la mía.

—Ni una palabra más del asunto, entonces.

—De todos modos, con mucho gusto compartiré las novedades con usted. Este tipo es un auténtico salvaje, fuerte como un caballo de tiro y feroz como el demonio. Estuvo a punto de arrancarle el pulgar a Downing de un mordisco antes de que pudieran dominarlo. Apenas chapurrea algunas palabras en inglés y solo hemos conseguido que conteste con gruñidos.

—¿Y está convencido de tener pruebas que demuestran que asesinó al señor de la casa?

—No he dicho eso, señor Holmes, yo no he dicho eso. Todos tenemos nuestros pequeños trucos. Pruebe usted con los suyos y yo lo intentaré con los míos. Ese es nuestro acuerdo.

Holmes se encogió de hombros mientras nos alejábamos caminando.

—No consigo descifrar a este hombre. Da la impresión de que fracasará estrepitosamente. Bueno, como bien dice, cada uno debe proceder a su manera, y ya veremos en qué acaba la cosa. Pero hay algo en el inspector Baynes que no acabo de comprender.

Una vez que estuvimos de vuelta en nuestra habitación en el Bull, Sherlock Holmes me dijo:

—Acomódese en esa silla, Watson. Quiero ponerle al tanto de la situación, puesto que puedo necesitar de su ayuda esta noche. Déjeme explicarle la evolución del caso hasta donde he podido llegar. Al principio, sus detalles fundamentales parecían sencillos, pero, a pesar de ello, ha resultado extraordinariamente difícil lograr una detención. Hay cabos sueltos, en ese sentido, que aún debemos atar.

»Volvamos a la carta que le entregaron a García la noche de su muerte. Debemos desechar la idea de Baynes, según la cual los sirvientes participaron en el crimen. La prueba de ello la tenemos en el hecho de que fue él quien procuró que Scott Eccles estuviera presente aquella noche en la casa, cosa que solo pudo hacerse con la intención de preparar una coartada. Por tanto, fue García quien se proponía llevar a cabo una tarea, una tarea criminal aparentemente, en el transcurso de la cual encontró la muerte. Así que ¿quién sería la persona que con más probabilidad le quitó la vida? Seguramente, la persona contra quien iban dirigidas sus intenciones criminales. Hasta aquí creo que avanzamos por terreno firme.

»Nos encontramos, pues, con una razón que explica la desaparición de los criados de García. Estaban todos compinchados para cometer el misterioso crimen que desconocemos. Si el crimen se realizaba con éxito, entonces García regresaba, quedaría libre de toda sospecha por la declaración del caballero inglés y no habría pasado nada. Pero lo que planeaban era un asunto peligroso, y si García no regresaba a una hora determinada, era probable que hubiese perdido la vida en la empresa. Por tanto, habrían acordado que, si se daba este último caso, sus dos subordinados huirían a un lugar previamente convenido, donde podrían evitar las investigaciones, y, posteriormente, podrían realizar una nueva tentativa. Esta hipótesis explicaría los hechos, ¿no es cierto?

Tuve la sensación de que la intrincada maraña se desenredaba ante mis ojos. Me pregunté, como siempre hacía, cómo no había visto antes una solución tan evidente.

—Pero ¿por qué regresó uno de los sirvientes?

—Podemos suponer que, en la confusión de la huida, se dejó algo precioso, algo de lo que no podía separarse. Eso explicaría su insistencia en regresar, ¿no es cierto?

—Bien, ¿y cuál es el siguiente paso?

—El siguiente paso es la nota que recibió García durante la cena, la cual nos indica la existencia de otro compinche en terreno enemigo. Ahora bien, ¿dónde se encuentra ese terreno enemigo? Ya le demostré que ese lugar solo puede ser una casa espaciosa y que el número de casas grandes en la zona es limitado. Dediqué mis primeros días en esta aldea a dar una serie de caminatas, durante las cuales, en los intervalos de mis investigaciones botánicas, llevé a cabo un reconocimiento de todas las casas grandes, así como un examen de la historia familiar de sus ocupantes. Una casa, y solo una, atrajo mi atención. Es la conocida granja de High Gable, de antiguo estilo jacobino, situada a una milla de distancia del extremo más alejado de Oxshott y a menos de media milla de distancia de la escena del crimen. Las otras mansiones pertenecían a gente respetable y prosaica, en el otro extremo de cualquier cosa que suene a novelesca. Pero el señor Henderson, de High Gable, era, desde cualquier punto de vista, un hombre extraño a quien, sin duda, podían ocurrirle extrañas aventuras. Así que concentré mi atención en él y en los demás habitantes de su casa.

»Una curiosa colección de gente peculiar, Watson, y es el dueño de la casa el más peculiar de todos ellos. Me las arreglé para visitarle con un pretexto razonable, pero me pareció leer en sus profundos ojos oscuros que conocía perfectamente los motivos que me habían llevado hasta allí. Es un hombre de unos cincuenta años, fuerte, enérgico, con el cabello gris como el hierro, enormes y espesas cejas, el paso ágil de un ciervo y el aire de un emperador; un hombre impetuoso, dominante, que oculta un espíritu ardiente detrás de su rostro apergaminado. Se trata de un extranjero, o ha vivido durante mucho tiempo en los trópicos, ya que su tez es amarillenta y reseca, pero correosa y dura como trenza de látigo. Su amigo y secretario, el señor Lucas, es, sin el menor género de dudas, extranjero, moreno color chocolate, astuto, meloso y gatuno, con una venenosa dulzura en el habla. De modo que, Watson, nos encontramos con estos dos grupos de extranjeros, uno en el pabellón Wisteria y el otro en High Gable, con lo que nuestros cabos comienzan a atarse.

»Estos dos hombres, amigos íntimos y confidentes, constituyen el centro de ambas casas, pero hay otra persona que quizá sea más importante para nosotros. Henderson es padre de dos niñas, una de once y otra de trece años de edad. Su institutriz es una tal señora Burnet, una mujer inglesa de unos cuarenta años. Hay también otro criado de confianza. Este pequeño grupo es el que forma la verdadera familia, puesto que todos viajan juntos, dado que Henderson es un gran viajero, siempre de un lado para otro. Solo hace unas semanas que regresaron a High Gable después de más de un año de ausencia. Debo añadir que Henderson es inmensamente rico, así que puede satisfacer todos sus caprichos sin esfuerzo alguno. Aparte de la familia, la casa está llena de mayordomos, lacayos, doncellas y la habitual servidumbre, sobrealimentada y perezosa, que puebla cualquier mansión campestre de Inglaterra.

»De todo esto me enteré en parte por los chismorreos de la aldea y en parte por mis propias observaciones. No hay mejores instrumentos para esta tarea que los criados que han sido despedidos y guardan rencor hacia sus antiguos amos. Tuve la suerte de encontrarme con uno. Lo llamo suerte, pero no me lo hubiera encontrado de no haber estado buscándolo. Como dijo Baynes, cada uno tiene sus métodos. Mi método me permitió conocer a John Warner, antiguo jardinero en High Gable, despedido en un arrebato de furia por su autoritario señor. A su vez, el jardinero tenía amigos entre la servidumbre de la casa, unidos por su temor y antipatía hacia el amo. De esa forma conseguí la llave que me abriría los secretos de aquella casa.

»¡Gente peculiar, Watson! No afirmo que conozca todo lo que allí ocurre, pero son, sin duda alguna, gente peculiar. El edificio está compuesto de dos alas; la servidumbre vive en una de ellas y la familia en otra. Entre ambas no existe más ligazón que el criado de confianza de Henderson, que sirve las comidas de la familia. Todo se lleva hasta una determinada puerta que conecta ambas zonas de la casa. La institutriz y las niñas apenas salen de casa, como no sea al jardín. Jamás, ni por casualidad, Henderson pasea solo. Su oscuro secretario es como su sombra. Entre la servidumbre corre el rumor de que su amo está terriblemente asustado por algo. "Vendió su alma al Diablo a cambio de dinero", dice Warner, "y teme que su acreedor se presente para reclamar lo que es suyo". Desconoce de dónde vienen y quiénes son los habitantes de High Gable. Es gente muy violenta. En dos ocasiones

Henderson la ha emprendido a latigazos con algún aldeano, y solo su abultada bolsa y unas generosas indemnizaciones le han mantenido apartado de los tribunales.

»Y ahora, Watson, examinemos la situación a la luz de esta nueva información. Podemos dar por supuesto que la carta procedía de esta extraña familia, y que con ella se invitaba a García a llevar a cabo un plan preestablecido. ¿Quién sería el autor de la carta? Por fuerza debía ser alguien que vivía dentro de la ciudadela y mujer, además. Solo podría haberla escrito la señorita Burnet, la institutriz. La lógica nos lleva en esa dirección. En cualquier caso, podemos dar por buena esta hipótesis y ver dónde nos lleva. Debo añadir que la edad y la personalidad de la señorita Burnet me han obligado a descartar mi primera suposición de que pudiera haber un interés amoroso en nuestra historia.

»Si ella escribió la carta, es muy posible que fuese la amiga y cómplice de García. Entonces, ¿cómo actuaría en caso de que se enterase de que García había muerto? Si se habían embarcado en una empresa delictiva, sus labios permanecerían sellados, pero es posible que albergase en su corazón odio y amargura contra los que le habían asesinado. ¿Cómo podría encontrarla y servirme de ella para lograr mi objetivo? Eso fue lo primero que pensé. Pero ahora nos enfrentamos a un hecho siniestro. Nadie ha visto a la señorita Burnet desde la noche del asesinato. Desde entonces se ha desvanecido completamente.

»¿Sigue viva? Quizá encontró la muerte la misma noche en que murió el amigo al que había llamado. O simplemente la tienen prisionera. He aquí el detalle que nos queda por resolver.

»Se dará cuenta usted de la dificultad de la situación, Watson. No disponemos de prueba alguna que nos permita solicitar una orden judicial. Si expusiésemos nuestras suposiciones ante un juez, las tomaría por pura fantasía. La desaparición de la mujer no significa nada, porque en esa extraordinaria familia puede pasar una semana sin que se vea a uno de sus miembros. Sin embargo, podría encontrarse ahora mismo en peligro de muerte. Todo lo que puedo hacer es vigilar la casa y dejar a mi agente, Warner, haciendo guardia en la puerta. No podemos dejar que continúe semejante situación. Si la ley no puede hacer nada, nosotros tendremos que correr el riesgo.

—¿Qué sugiere que hagamos?

—Sé dónde se encuentra su habitación. Se puede llegar a ella por el tejado de uno de los cobertizos exteriores. Sugiero, pues, que usted y yo vayamos esta noche y veamos si podemos golpear en el corazón mismo del misterio.

La perspectiva, debo reconocerlo, no era muy atrayente. La antigua mansión, su atmósfera de muerte, sus extraños y temibles habitantes, los peligros desconocidos a los que tendríamos que enfrentarnos y el hecho de que nos colocáramos en una dudosa posición legal, todo ello combinado aplacó mi entusiasmo. Pero había algo en la frialdad de témpano con la que Holmes me expuso su razonamiento que me impidió echarme atrás cuando me propuso la aventura. Uno quedaba convencido de que así, y solo así, era posible solventar el misterio. Nos dimos la mano en silencio, la suerte estaba echada.

Pero no quiso el destino que nuestra investigación tuviese un final tan aventurero. Eran casi las cinco de la tarde y las sombras del atardecer de marzo comenzaban a descender, cuando un agitado campesino irrumpió en nuestra habitación.

—Se han marchado, señor Holmes. Subieron al último tren. La señora escapó, la tengo en un coche abajo, esperando.

—¡Excelente, Warner! —exclamó Holmes, poniéndose en pie de un salto—. Watson, los cabos se atan rápidamente.

En el coche había una mujer, medio desmayada por efecto del agotamiento nervioso. Sus rasgos aguileños y enflaquecidos mostraban las señales de una reciente tragedia. Su cabeza colgaba inexpresiva sobre su pecho, pero cuando la levantó y fijó en nosotros sus ojos apagados, pude ver que sus pupilas eran dos puntos negros en el centro de un amplio iris grisáceo. La habían drogado con opio.

—Estaba vigilando la puerta exterior, como usted me ordenó, señor Holmes —dijo nuestro emisario, el jardinero despedido—. Cuando salió el coche lo seguí hasta la estación. Era como si esta mujer caminase sonámbula, pero cuando intentaron introducirla en el tren, volvió a la vida y se opuso, forcejando. La metieron de un empujón en el vagón, pero volvió a escaparse gracias a un violento arrebato. Entonces intervine en su ayuda, la metí en un coche y aquí estamos. No olvidaré jamás la cara que me miraba desde la ventana del vagón mientras me la llevaba. Me quedaría poco tiempo de vida si de aquel demonio amarillento, de ojos negros y expresión furiosa, dependiera.

La subimos escaleras arriba y, tras tumbarla en el sofá y suministrarle dos tazas del café más fuerte que pudimos preparar, la bruma de la droga se despejó de su cerebro. Holmes había llamado a Baynes y le explicó rápidamente la situación.

—Señor mío, me ha proporcionado la prueba que andaba buscando —dijo el inspector afectuosamente, dándole la mano a mi amigo—. Desde el primer momento seguía la misma pista que usted.

—¿Cómo? ¿Usted también andaba detrás de Henderson?

—Sí, señor Holmes, yo permanecía encaramado a las ramas de un árbol en High Gable, mientras se arrastraba usted sigilosamente por los arbustos de la plantación y pude verle desde arriba. Parecía que celebrábamos una competición, a ver quién conseguía la prueba primero.

—Entonces, ¿por qué detuvo al mulato?

Baynes rio.

—Tenía la certeza de que Henderson, como se hace llamar, se daría cuenta de que se había convertido en sospechoso y de que, mientras se creyese en peligro, permanecería tranquilo y sin realizar movimiento alguno. Arresté al hombre equivocado para hacerle creer que ya no le vigilábamos. Estaba seguro de que intentaría largarse, dándonos una oportunidad de acercarnos a la señorita Burnet.

Holmes puso su mano en el hombro del inspector.

—Llegará usted muy alto en su profesión. Posee instinto e intuición —dijo.

Baynes se sonrojó, halagado.

—Dispuse a un agente de paisano en la estación durante toda la semana. No perderá de vista a los habitantes de High Gable, no importa donde vayan.

Aunque mi agente se vio en un brete cuando la señorita Burnet logró huir. Sin embargo, su hombre la puso a salvo y todo acabó bien. No podemos proceder a realizar detenciones sin la declaración de esta mujer, eso es evidente. De modo que, cuanto antes nos relate su versión de los hechos, mejor.

—Se está recobrando por momentos —comentó Holmes, echándole un vistazo a la institutriz—. Pero, dígame, Baynes, ¿quién es Henderson en realidad?

—Henderson —respondió el inspector— es don Murillo, antes conocido como el Tigre de San Pedro.

¡El Tigre de San Pedro! Como un relámpago surgió en mi cerebro la historia completa de aquel hombre. Se había hecho célebre como el tirano más depravado y sangriento que jamás hubiese gobernado cualquier país con pretensiones de civilizado. Temerario, enérgico y poderoso, tuvo el temple suficiente para imponer sus detestables vicios sobre su acobardado pueblo durante diez o doce años. Su nombre causaba el terror por toda Centroamérica. Al cabo de ese tiempo, se produjo una sublevación de todo el pueblo contra él. Pero el tirano era tan astuto como cruel, y en cuanto llegó a sus oídos el primer rumor de la tormenta que se avecinaba, se apresuró a llevar sus tesoros en secreto a bordo de un barco tripulado por sus fervientes partidarios. Cuando al día siguiente los insurgentes tomaron por asalto el palacio, lo encontraron vacío. El dictador, sus dos hijas, su secretario y sus riquezas habían logrado escapar de ellos. Desde aquel día desapareció del mundo y la prensa europea se había preguntado muchas veces cuál sería su actual identidad.

—Sí, señor; don Murillo, el Tigre de San Pedro —dijo Baynes—. Si se fija usted, los colores de la bandera de San Pedro son el verde y el blanco, es decir, los mismos que se mencionan en la carta. Se hacía llamar Henderson, pero logré rastrear sus andanzas hasta París y Roma, y de Madrid a Barcelona, en cuyo puerto atracó su barco en el año ochenta y seis. Desde entonces lo buscan para vengarse de él, pero solamente ahora han logrado dar con su paradero.

—Lo descubrieron hace un año —dijo la señorita Burnet, que ya se había sentado y seguía la conversación con interés—. Ya habían intentado atentar una vez contra su vida, pero algún espíritu maligno le protegió. Y ahora ha caído el noble y caballeroso García, mientras ese monstruo huye sano y salvo. Pero vendrá otro hombre, y luego otro, hasta que algún día se haga justicia; eso es tan cierto como que mañana saldrá el sol. —Sus manos delgadas se cerraron con fuerza y la pasión de su odio empalideció su rostro demacrado.

—¿Y cómo se vio envuelta usted en este asunto, señorita Burnet? —preguntó Holmes—. ¿Cómo es posible que una dama inglesa participe en un asesinato?

—Me uní a ellos porque no había en el mundo otra manera de que se hiciese justicia. ¿Qué le importa a la ley inglesa que años atrás hayan corrido ríos de sangre en San Pedro, o que este individuo robase un barco cargado de riquezas? Para ustedes son como crímenes cometidos en otro planeta. Pero nosotros sabemos que aquello ocurrió. Nos hemos enterado de la verdad a fuerza de dolor y sufrimiento. Para nosotros no hay en el infierno un demonio que pueda equipararse a Juan Murillo y no encontraremos la paz mientras sus víctimas sigan clamando venganza.

—No me cabe duda de que este hombre fue todo lo que usted dice —dijo Holmes—. He oído hablar de sus atrocidades. Pero ¿en qué le afectan a usted?

—Se lo contaré todo. La política de este criminal consistía en asesinar, con un pretexto u otro, a quienes, con el tiempo, pudieran convertirse en peligrosos rivales. Mi marido..., sí, mi verdadero nombre es signora Victor Durando..., era el embajador de San Pedro en Londres. Allí nos conocimos y nos casamos. No ha habido en el mundo un hombre más noble. Por desgracia, Murillo tuvo noticias de sus excelentes cualidades, le hizo llamar con cualquier pretexto y lo mandó fusilar. Como si tuviera una premonición de la suerte que le esperaba, se negó a llevarme con él. Sus propiedades fueron confiscadas y yo quedé en la miseria y con el corazón destrozado.

»Poco después, el tirano cayó. Huyó, como acaban de decir. Pero aquellas personas cuyas vidas había arruinado, cuyos parientes más próximos y más queridos habían sufrido la tortura y la muerte en sus manos, no se conformaron con dejar las cosas como estaban. Formaron una sociedad que no se disolvería hasta que se hubiese completado su objetivo. Cuando descubrimos que el caído déspota se hacía llamar Henderson, se me encomendó que entrase en su servidumbre y mantuviese a los demás al tanto de sus movimientos. Pude lograrlo obteniendo el puesto de institutriz en la familia. Ni se podía imaginar que la mujer que tenía que soportar su presencia durante las comidas era la misma a cuyo marido había enviado a la eternidad dándole solo una hora para prepararse. Yo le sonreía, cumplía con mis obligaciones para con sus hijas y esperaba mi momento. Se atentó contra él en París, pero la tentativa fracasó. Viajábamos en un frenético zigzag, de aquí para allá por toda Europa, con la intención de despistar a nuestros perseguidores, hasta que finalmente regresamos a esta casa, que él tenía alquilada desde que llegó por primera vez a Inglaterra.

»Pero aquí también le esperaban los administradores de justicia. Sabiendo que regresaría, García, hijo del que fue un alto dignatario de San Pedro, le esperaba con dos compañeros humildes pero leales, animados los tres por idénticos deseos de venganza. Poco podía hacer durante el día, porque Murillo adoptaba toda clase de precauciones, y jamás salía sin la compañía de su satélite Lucas, o López, como se le llamaba en sus días de gloria. Sin embargo, Murillo dormía solo, con lo que el ejecutor podía llegar a él durante la noche. Una tarde, fijada de antemano, envié a mi amigo las instrucciones finales, porque el tirano vivía siempre alerta y cambiaba constantemente de habitación. Yo me cuidaría de que las puertas permaneciesen abiertas; una luz verde o blanca ubicada en la ventana que daba a la entrada le advertiría si todo estaba en regla o si era preciso posponer la misión.

»Pero todo se torció. De algún modo, no sé cómo, yo había despertado las sospechas de López, el secretario. Justo cuando había acabado de escribir la carta, se me acercó furtivamente por detrás y saltó sobre mí. Él y su amo me llevaron a rastras a mi habitación, donde me juzgaron como reo convicto de traición. Me habrían apuñalado allí mismo si hubiesen sabido cómo librarse de las consecuencias de su crimen. Finalmente, tras un largo debate, llegaron a la conclusión de que asesinarme era demasiado peligroso. Pero decidieron desembarazarse para siempre de García.

Me amordazaron y Murillo me retorció el brazo hasta que le confesé la dirección de García. Juro que de haber sabido lo que tenía preparado para García, me hubiese dejado arrancar el brazo antes de confesar. López anotó la dirección en el sobre de la carta que yo había escrito, la selló con el gemelo de su camisa y la envió por medio de su criado, José. Ignoro cómo lo asesinaron, salvo que fue el propio Murillo quien asestó el golpe que lo mató, ya que López se había quedado para vigilarme. Imagino que acechaba esperando entre los matorrales de aulagas que bordean el camino y que le atacó cuando pasaba. Al principio, su propósito era dejarle entrar en la casa y matarlo como a un vulgar ladrón, atrapado con las manos en la masa; pero llegaron a la conclusión de que si se veían envueltos en una investigación, su verdadera identidad se haría pública enseguida, exponiéndose a nuevas agresiones. Con el asesinato de García, la persecución podría acabar, porque su muerte asustaría a los demás y les haría desistir.

»Todo les hubiese ido bien si yo no hubiera sabido lo que habían hecho. No me cabe duda de que, en ciertos momentos, mi vida pendía de un hilo. Fui confinada en mi habitación, aterrorizada por las amenazas más horribles, me maltrataron cruelmente para quebrantar mi espíritu... Miren este corte en mi hombro y las magulladuras que tengo por todo el brazo... y en una ocasión, cuando intenté pedir ayuda desde la ventana, me amordazaron. Durante cinco días me tuvieron cruelmente encerrada, cinco días durante los cuales me alimentaron con lo imprescindible para mantenerme con vida.

»Esta tarde me sirvieron un buen almuerzo, pero en cuanto me lo comí, me di cuenta de que me habían drogado. Lo recuerdo como si fuese un sueño; medio me condujeron, medio me arrastraron al coche; en ese mismo estado semiinconsciente me subieron al tren. Solo entonces, prácticamente cuando empezaban a moverse las ruedas, me di cuenta de que tenía mi libertad al alcance de la mano. Salté fuera, ellos intentaron retenerme, y si no hubiera sido por la ayuda de este buen hombre que me llevó al coche, no habría logrado escapar de ellos. Ahora, gracias a Dios, estaré lejos del alcance de sus manos para siempre.

Todos habíamos escuchado este extraordinario relato con la mayor atención. Fue Holmes quien rompió el silencio.

—Nuestras tribulaciones aún no han terminado —comentó, meneando la cabeza—. Hemos terminado el trabajo policial, pero comienza el trabajo judicial.

—Exacto —dije yo—. Un abogado astuto podría presentar el caso como un acto de legítima defensa. Quizá estos hombres tengan cientos de crímenes a sus espaldas, pero solo pueden ser juzgados por este.

—Vamos, vamos —dijo Baynes alegremente—. Yo tengo una idea más elevada de la justicia que ustedes. La autodefensa es una cosa. Atraer a un hombre con engaños para matarlo a sangre fría es otra muy diferente, aunque dicho hombre representase una enorme amenaza para ellos. No, no; nuestros esfuerzos se verán justamente recompensados cuando veamos a los inquilinos de High Gable sentados ante el tribunal en los próximos *assizes*[3] de Guildford.

Sin embargo, y contradiciendo estas palabras, tuvo que pasar todavía algún tiempo antes de que el Tigre de San Pedro recibiese su merecido. Astutos y audaces, él y su compañero despistaron a su perseguidor entrando en una casa de huéspedes de Edmonton Street y saliendo por la puerta trasera que iba a parar a Curzon Square. Desde aquel día ya no se les volvió a ver en Inglaterra. Pero seis meses después el marqués de Montalva y el signor Rulli, su secretario, fueron asesinados en sus habitaciones del Hotel Escurial *(sic)*, en Madrid. El crimen se atribuyó a los nihilistas y no se logró detener a los culpables. El inspector Baynes vino a visitarnos a Baker Street con una descripción impresa del moreno rostro del secretario y de las facciones dominantes, los magnéticos ojos oscuros y las tupidas cejas de su señor. No cabía duda de que, aunque con retraso, finalmente se había hecho justicia.

—Un caso caótico, mi querido Watson —dijo Holmes, mientras fumaba su pipa de la tarde—. No le resultará posible presentarlo en esa forma abreviada a la que es tan aficionado. Abarca dos continentes, presenta a dos

---

3   Tribunales municipales itinerantes. *(N. de la T.)*

grupos de misteriosos personajes y se complica aún más con la respetabilí-sima aparición de nuestro amigo Scott Eccles, cuya inclusión demuestra que el difunto García era un tipo calculador y gozaba de un desarrollado instinto de conservación. Lo único notable del caso es que, de entre una jungla de posibilidades, nosotros y nuestro eficiente colaborador, el inspector Baynes, fuimos capaces de centrarnos en lo esencial, pudiendo así seguir nuestro camino por un sendero enrevesado y zigzagueante. ¿Hay algún detalle del caso que no le haya quedado claro?

—¿Qué iba buscando el mulato cuando regresó a la casa?

—Creo que el extraño animal que encontramos en la cocina es una buena explicación. Aquel hombre era un salvaje primitivo de las selvas inexploradas de San Pedro, y el animal era su fetiche. Cuando él y su compañero huyeron para esconderse en un lugar previamente acordado, y en el que, sin duda, vivía otro cómplice, su compañero le convenció para que abandonara un objeto tan comprometedor. Pero el mulato tenía su corazón puesto en él, así que al día siguiente se sintió arrastrado hacia el mismo, pero al mirar por la ventana para comprobar que no había moros en la costa, descubrió al agente Walters, que se encontraba al cargo de la casa. Aguardó tres días más, y su fe, o superstición, le arrastraron hasta allí otra vez. El inspector Baynes, que, con su característica astucia, había quitado importancia al incidente en mi presencia, se había dado cuenta de su verdadera importancia y preparó una trampa en la que cayó aquel individuo. ¿Algún otro detalle que necesite aclaración, Watson?

—El pájaro despedazado, el barreño lleno de sangre, los huesos chamuscados, el misterio de aquella extraña cocina.

Holmes sonrió mientras consultaba una nota en su cuaderno.

—Me pasé una mañana en el Museo Británico leyendo acerca de ese y otros detalles. Le leeré una cita de *El vudú y otras religiones negras,* de Eckermann:

El verdadero adorador del vudú no acomete ninguna empresa sin antes realizar ciertos sacrificios cuya finalidad es propiciarse la voluntad de sus dioses impuros. En casos extremos, estos ritos toman la forma de sacrificios humanos seguidos de actos de canibalismo. Pero lo más habitual es que la víctima sea un gallo blanco que es despedazado vivo, o una cabra negra a la que se le rebana el pescuezo y cuyo cuerpo es luego quemado.

—Ya ve, nuestro salvaje amigo era un hombre muy ortodoxo a la hora de cumplir sus rituales. Resulta grotesco, Watson —añadió Holmes, mientras cerraba lentamente su cuaderno de notas—. Pero, como le comenté en otra ocasión, de lo grotesco a lo horrible solo hay un paso.

La aventura del Círculo Rojo

Primera parte

—Bueno, señora Warren, creo que no tiene ningún motivo especial para estar intranquila, ni entiendo por qué yo, puesto que mi tiempo es valioso, debería intervenir en el asunto. La verdad es que tengo otras cosas que hacer —así habló Sherlock Holmes, y volvió al gran álbum de recortes en el cual ordenaba y clasificaba parte de su material más reciente.

Pero la casera era tan pertinaz y astuta como solo puede serlo una mujer. Mantuvo firmemente su postura.

—El año pasado usted solucionó el caso de uno de mis huéspedes —dijo—, el señor Fairdale Hobbs.

—Ah, sí... Un asunto de lo más simple.

—Pero él no deja de hablar de ello, de su amabilidad, señor Holmes, y del modo en que encendió una luz en las tinieblas. Recordé sus palabras cuando me encontré confusa y desorientada. Sé que usted podría hacerlo si quisiera.

La debilidad de Holmes era la adulación, pero, para hacerle justicia, también lo era la benevolencia. Las dos fuerzas le hicieron apartar el pincel para la goma arábiga que estaba utilizando y echó hacia atrás su asiento con un suspiro de resignación.

—Muy bien, señora Warren, cuéntenos. No le molesta que fume, ¿verdad? Gracias. Watson, ¡las cerillas! Me ha perecido entender que se encuentra usted inquieta porque su nuevo huésped permanece encerrado en sus habitaciones y usted no puede verle. Santo Cielo, señora Warren, si yo fuese su huésped, a menudo no me vería durante semanas enteras.

—No lo dudo, señor, pero esto es diferente. Me da pánico, señor Holmes, no puedo dormir de miedo. Oigo sus rápidos pasos moviéndose de acá para allá desde la madrugada hasta altas horas de la noche y, sin embargo, apenas le veo el pelo... Es más de lo que puedo soportar. Mi marido está tan nervioso como yo, pero él se pasa el día en el trabajo, mientras que yo no descanso de esta situación. ¿Por qué se esconde? ¿Qué ha hecho? Si exceptuamos a la muchacha, estoy sola en casa todo el día con él y eso es más de lo que mis nervios pueden soportar.

Holmes se inclinó hacia delante y posó sus largos y delgados dedos sobre el hombro de la mujer. Cuando lo deseaba, ejercía un poder tranquilizador casi hipnótico. La mirada de pánico desapareció de los ojos de la señora Warren y sus agitados rasgos recuperaron su estado normal. Se sentó en la silla que él le indicó.

—Si me encargo del asunto debo conocer todos los detalles —dijo—. Tómese su tiempo para pensar en ello. El detalle más insignificante puede ser esencial. ¿Dice usted que el hombre llegó hace diez días y que pagó una quincena de comida y alojamiento por adelantado?

—Preguntó por las condiciones. Le contesté que eran cincuenta chelines por semana. En el último piso de la casa hay una salita de estar y un dormitorio completos.

—¿Y bien?

—Él contestó: «Le pagaré cinco libras por semana si puedo disponer de ella a mi antojo». Soy pobre, señor Holmes, mi marido gana poco, y el dinero es muy importante para mí. Allí mismo me ofreció un billete de diez libras. «Durante mucho tiempo podrá recibir lo mismo cada quincena, si cumple mis condiciones», dijo. «Si no está de acuerdo, no hay más que hablar.»

—¿Y cuáles eran esas condiciones?

—Bueno, señor, las condiciones eran que tenía que disponer de una llave de la casa, lo que no constituía ningún problema. Muchas veces los inquilinos las solicitan. También pidió que le dejaran completamente solo y que no se le molestase jamás, bajo ningún concepto.

—No hay nada extraño en eso, ¿no es cierto?

—No, si no se sobrepasa un límite. Pero esto ha sobrepasado todos los límites conocidos. Ya lleva allí diez días y ni el señor Warren ni yo ni la muchacha le hemos puesto los ojos encima ni una sola vez. Podemos oír sus pasos furtivos dando vueltas, arriba y abajo, arriba y abajo, por la noche, por la mañana, a mediodía; pero, salvo aquella primera noche, nunca ha salido de casa.

—Oh, ¿entonces salió la primera noche?

—Sí, señor, y regresó muy tarde, cuando ya nos habíamos acostado todos. Después de disponer de las habitaciones, me dijo que haría esto, y me pidió que no echase el pestillo a la puerta de la casa. Le oí subir las escaleras pasada la medianoche.

—Pero ¿y sus comidas?

—Dio instrucciones muy específicas, ordenando que siempre, cuando llamara a la campanilla, debíamos dejar su comida en una silla fuera de la habitación. Luego, cuando ya ha terminado, vuelve a llamar y recogemos la bandeja de la silla. Si quiere alguna cosa más, lo escribe en letras de imprenta y lo deja allí.

—¿En letras de imprenta?

—Sí, señor, letras de imprenta escritas a lápiz. Solo una palabra, nada más. Aquí tiene una nota que le he traído: JABÓN. Aquí hay otra: FÓSFORO. Esta apareció esta mañana: DAILY GAZETTE. Le dejo ese periódico junto al desayuno todas las mañanas.

—Vaya, Watson —dijo Holmes, mirando con gran curiosidad las tiras de papel de folio que le había entregado la patrona—, desde luego, sí que es extraño. El encierro lo puedo entender, pero ¿por qué escribir en letras de imprenta? Escribir así es un procedimiento laborioso. ¿Por qué no escribir normalmente? ¿Qué le sugiere, Watson?

—Que desea ocultar su caligrafía.

—Pero ¿por qué? ¿Por qué le preocupa que su casera tenga un trozo de papel con su caligrafía? Pero debe estar usted en lo cierto. Aun así, ¿por qué unos mensajes tan lacónicos?

—No se me ocurre una razón.

—Esto abre un placentero horizonte de especulación racional. Las palabras están escritas con un lápiz corriente, punta ancha y tono violeta. Como puede comprobar, el papel está rasgado por aquí, por uno de los lados, después de escribir, de modo que la «J» de «Jabón» se ha perdido. Sugerente, Watson, ¿no le parece?

—Lo hizo por precaución.

—Exactamente. Está claro que había alguna señal, alguna marca del pulgar, algo que pudiera dar una pista sobre la identidad de la persona que escribió la nota. Señora Warren, dice usted que se trataba de un hombre de estatura normal, moreno y barbudo. ¿Qué edad tendría?

—Era joven, señor; no tendría más de treinta años.

—Bueno, ¿no puede darme alguna otra indicación?

—Hablaba inglés correctamente, señor, pero por su acento juraría que era extranjero.

—¿Iba bien vestido?

—Muy elegantemente vestido, señor..., como un caballero.
Ropa oscura, nada que llamase la atención.

—¿No dio un nombre?

—No, señor.

—¿Ha recibido cartas o visitas?

—Nada.

—Pero, seguramente, usted o la muchacha entran en su cuarto por la mañana.

—No, señor, él mismo se ocupa de arreglarlo.

—¡Vaya! Eso sí que es extraño. ¿Y su equipaje?

—Llevaba una bolsa marrón grande, nada más.

—Bueno, no es que dispongamos de mucho material que nos resulte de ayuda. ¿Dice usted que no ha salido nada de ese cuarto..., absolutamente nada?

La casera extrajo un sobre de su bolso; al sacudirlo, cayeron sobre la mesa dos fósforos quemados y una colilla de cigarrillo.

—Aparecieron en su bandeja esta mañana. Los traje porque había oído que usted es capaz de leer grandes cosas en cosas pequeñas.

Holmes se encogió de hombros.

—Aquí no hay nada —dijo—. Desde luego, los fósforos se han usado para encender cigarrillos. Resulta obvio, puesto que la parte quemada es muy corta. Al encender un cigarro o una pipa se consume la mitad. Pero, ¡vaya!, esta colilla es realmente notable. ¿Dice usted que el caballero tenía barba y bigote?

—Sí, señor.

—No lo entiendo. Yo diría que solo un hombre bien afeitado podría haber fumado esto. Hasta el modesto bigote de Watson hubiera sufrido quemaduras.

—¿Usó boquilla? —sugerí.

—No, no; el extremo está aplastado. Imagino, señora Warren, que no se hospedarán dos personas en sus habitaciones.

—No, señor. Muchas veces me pregunto cómo puede vivir una sola persona con lo poco que come.

—Bueno, creo que debemos esperar a disponer de un poco más de material. Después de todo, usted no tiene de qué quejarse. Ha recibido su alquiler y no se trata de un inquilino molesto, aunque, ciertamente, es de lo más peculiar. Paga bien, y si decide vivir oculto, no es algo que le incumba directamente a usted. No tenemos razones para inmiscuirnos en su vida privada hasta que no tengamos motivos para pensar que ha cometido algún delito. Acepto el asunto, y no lo perderé de vista. Manténganos informados de cualquier novedad, y pídame ayuda si la necesita.

»Desde luego, Watson, este caso presenta varios detalles de interés —comentó Holmes una vez se hubo marchado la casera—. Por supuesto, podría resultar ser un asunto trivial, una excentricidad individual; o quizá sea algo mucho más profundo de lo que parece a primera vista. Lo primero que se me ocurre es la obvia posibilidad de que la persona que ocupa ahora las habitaciones sea diferente a quien las alquiló.

—¿Por qué opina eso?

—Bueno, aparte de esta colilla, ¿no le resulta curioso que la única vez que el inquilino salió fuera inmediatamente después de tomar posesión de las habitaciones? Volvió, o alguien lo hizo en su lugar, cuando no había testigos presentes. No tenemos pruebas de que la persona que regresó fuese la misma que salió. Además, el hombre que alquiló las habitaciones hablaba bien inglés. Sin embargo, este otro escribió «fósforo», cuando lo normal es escribir «fósforos». Creo que sacó la palabra de un diccionario, donde aparece el sustantivo, pero no el plural. El estilo lacónico puede ser una forma de ocultar su desconocimiento del inglés. Sí, Watson, hay buenas razones para sospechar que se ha producido una sustitución de huéspedes.

—Pero ¿con qué objeto?

—¡Ah! Ahí está nuestro problema. Hay una línea de investigación bastante evidente. —Bajó el gran libro en el cual, día tras día, archivaba los anuncios por palabras de diversos diarios londinenses—. ¡Santo Cielo! —dijo, pasando las páginas—. ¡Qué coro de gemidos, gritos y rebuznos! ¡Qué cajón de sastre de sucesos extraños! Pero, sin duda, este es el terreno de caza más valioso que un estudioso de lo insólito podría encontrar jamás. Esta persona está sola y no se la puede contactar por carta sin romper el absoluto secreto. ¿Cómo se le puede hacer llegar una noticia o un mensaje? Obviamente, mediante un anuncio en el periódico. No parece haber otro camino y, por suerte, solo tenemos que revisar un periódico. Aquí están los recortes del *Daily Gazette* de la última quincena: «Señora con boa negra en el Club de Patinaje Prince's»: no nos interesa. «Sin duda, Jimmy no será capaz de romperle el corazón a su madre»: irrelevante. «Si la dama que se desmayó en el autobús de Brixton...»: no me interesa. «Todos los días mi corazón anhela...»: este es todo un rebuzno, Watson, ¡un auténtico rebuzno! Ah, este es un poco más aprovechable: «Ten paciencia. Encontraré algún medio de comunicación seguro. Mientras tanto, esta columna. G.» Esto se publicó dos días después de que llegara el inquilino de la señora Warren. Parece plausible, ¿no es cierto? El huésped misterioso podría entender el inglés aunque no sepa escribirlo. Vamos a ver si podemos retomar el rastro. Sí, aquí lo tenemos, tres días después. «Estoy realizando los preparativos con éxito. Paciencia y prudencia. Las nubes pasarán. G.» No aparece otro mensaje hasta una semana después. Pero, finalmente, encontramos un mensaje mucho más claro: «El camino se despeja. Si encuentro la oportunidad de enviarte un mensaje por señales, recuerda el código convenido: uno, A, dos, B, y así sucesivamente. Pronto tendrás noticias. G.». Esto apareció en el periódico de ayer, y no hay nada en el de hoy. Estos mensajes concuerdan perfectamente con el inquilino de la señora Warren. Si esperamos un poco, Watson, no me cabe duda de que el asunto se irá aclarando.

Y así fue. A la mañana siguiente encontré a mi amigo de pie sobre la alfombra de la chimenea, de espaldas al fuego y con una sonrisa de absoluta satisfacción en la cara.

—¿Qué le parece esto, Watson? —exclamó, tomando el periódico de la mesa—. «Casa alta, roja, con molduras de piedra blanca. Tercer piso. Segunda ventana a la izquierda. Después del ocaso. G.» Está muy claro. Creo que después de desayunar debemos explorar el vecindario de la señora Warren. Ah, ¡señora Warren! ¿Qué noticias nos trae esta mañana?

Nuestra cliente había irrumpido en el cuarto con tal energía explosiva que anunciaba algún acontecimiento nuevo e importante.

—¡Voy a ir a la policía, señor Holmes! —exclamó—. ¡No quiero saber nada más de esto! Que haga el equipaje y se marche de allí. Iba a subir a decírselo directamente a él, pero pensé que era mejor pedirle primero su opinión. Pero mi paciencia tiene un límite y cuando se llega a golpear a mi marido...

—¿Golpear al señor Warren?

—Tratarlo violentamente, para ser más exactos.

—Pero ¿quién le ha tratado violentamente?

—Ah, ¡eso es lo que queremos saber! Fue esta mañana, señor. Mi marido es cronometrador en Morton y Waylight, en Tottenham Court Road, y tiene que salir de casa antes de las siete. Bien, esta mañana no había dado diez pasos por la calle cuando dos hombres se le acercaron, le echaron un abrigo por la cabeza y le metieron en un coche que esperaba junto a la acera. Estuvieron dando vueltas durante una hora, hasta que abrieron la puerta y le echaron fuera. Se quedó tirado en la calzada, tan atontado que no vio qué

fue de sus asaltantes. Cuando pudo dominarse, supo que se encontraba en Hampstead Heath. Así que tomó un autobús de regreso a casa, y ahí se encuentra ahora, tumbado en el sofá, mientras yo vine enseguida a contarle lo que ha pasado.

—Muy interesante —dijo Holmes—. ¿Pudo ver el aspecto de estos hombres? ¿Les oyó hablar?

—No; está aturdido. Solo sabe que le apresaron como por arte de magia y que le dejaron libre del mismo modo. Eran por lo menos dos, quizá tres.

—¿Y usted relaciona este ataque con su huésped?

—Bueno, llevamos quince años viviendo allí y nunca nos ha pasado nada semejante. Ya estoy harta de él. El dinero no lo es todo. Le echaré de casa antes de que termine el día.

—Espere un poco, señora Warren. No se precipite. Empiezo a pensar que este asunto puede ser mucho más importante de lo que parecía a simple vista. Ahora estamos seguros de que algún peligro amenaza a su huésped. Resulta igualmente evidente que sus enemigos, que esperaban junto a su puerta, le confundieron con su marido por culpa de la luz neblinosa de la mañana. Al descubrir su error, le soltaron. Lo que hubieran hecho si no se hubiesen dado cuenta de su error, solo podemos imaginarlo.

—¿Qué tengo que hacer entonces, señor Holmes?

—Tengo muchas ganas de ver a ese inquilino suyo, señora Warren.

—No veo cómo puede conseguirlo, a no ser que tire la puerta abajo. Después de dejarle la bandeja con la comida, siempre le oigo abrir la cerradura mientras bajo la escalera.

—Pero tiene que salir para recoger la bandeja. Sin duda, podríamos ocultarnos y verle actuar.

La patrona lo pensó por un momento.

—Bueno, señor, enfrente de su puerta está el cuarto de los baúles. Quizá podría poner un espejo, y si ustedes se escondieran detrás de la puerta...

—¡Excelente! —dijo Holmes—. ¿A qué hora almuerza?

—Hacia la una, señor.

—Entonces el doctor Watson y yo nos presentaremos antes. De momento, señora Warren, adiós.

A las doce y media estábamos en la escalera de entrada de la casa de la señora Warren, un edificio alto, estrecho, de ladrillo amarillo en Great Orme Street, un estrecho pasadizo que da al lado noroeste del Museo Británico. Como queda junto a la esquina de la calle, desde allí se domina Howe Street, con sus casas algo más ostentosas. Holmes señaló con una risita una de ellas, una serie de pisos residenciales que destacaban tanto que llamaban la atención.

—¡Mire, Watson! —dijo—. «Casa alta, roja, con molduras de piedra.» Sin duda, ese es el lugar desde donde se emitirán las señales. Conocemos el lugar y conocemos el código; nuestra tarea debería ser bien sencilla. En esa ventana hay un rótulo de «Se alquila». Evidentemente, se trata de un piso vacío al que puede acceder el cómplice. Bueno, señora Warren, ¿ahora qué?

—Lo tengo todo dispuesto para ustedes. Si suben y dejan las botas en el descansillo, les llevaré allí enseguida.

La señora Warren había preparado un escondite excelente. El espejo estaba colocado de tal modo que, sentados en la oscuridad, podíamos ver claramente la puerta que teníamos enfrente. Apenas nos habíamos instalado allí y se hubo marchado la señora Warren cuando una campanilla distante nos anunció que nuestro misterioso huésped había llamado. Poco después, apareció la patrona llevando la bandeja, la dejó sobre una silla colocada junto a la puerta cerrada y luego, caminando pesadamente, se marchó. Acurrucados en el ángulo de la puerta, manteníamos los ojos fijos en el espejo. De repente, cuando dejaron de oírse los pasos de la patrona, se escuchó el rechinar de una llave girando en una cerradura, el pestillo se movió y dos manos delgadas salieron disparadas, tomando la bandeja de la silla. Un momento después la volvió a colocar, y pude atisbar un rostro moreno, horrorizado, que miraba fijamente a la estrecha apertura del cuarto de los baúles. Entonces la puerta se cerró de golpe, la llave volvió a girar y se hizo el silencio. Holmes tiró de mi manga y nos deslizamos juntos escaleras abajo.

—Volveré esta noche —dijo a la expectante patrona—. Creo, Watson, que podemos discutir mejor este asunto en nuestra propia residencia.

⁓⁓⁓

—Como acaba de ver, mis sospechas han resultado ser correctas —dijo, ya en nuestras habitaciones, desde las profundidades de su butaca—. Se ha producido una sustitución de huéspedes. Lo que no preví es que nos encontráramos con una mujer, y una mujer nada corriente, Watson.

—Nos vio.

—Bueno, vio algo que la alarmó. Eso es seguro. La cadena de acontecimientos queda bastante clara, ¿verdad? Una pareja busca refugio en Londres contra un peligro terrible y apremiante. El rigor con el que llevan a cabo sus precauciones revela la importancia de dicho peligro. El hombre, que tiene alguna tarea que cumplir, desea dejar a la mujer a buen recaudo mientras está fuera. No es un problema fácil de resolver, pero ha logrado encontrar una solución tan original y tan eficaz que ni siquiera la patrona que le sube la comida sabe que allí se aloja una mujer. Los mensajes en letras de molde tienen como objeto evitar que su caligrafía revele su sexo. El hombre no puede acercarse a la mujer, ya que conduciría a sus enemigos hasta ella. Como no puede comunicarse con ella directamente, recurre a los anuncios personales del periódico. Hasta ahí todo está claro.

—Pero ¿cuál es la razón de todo este asunto?

—Ah, sí, Watson, ¡tan rigurosamente práctico como de costumbre! ¿Cuál es la razón de todo este asunto? El insignificante problema de la señora Warren se amplía un poco y adquiere un aspecto más siniestro conforme avanzamos. Lo que sí le puedo asegurar es que no se trata de una escapada amorosa corriente. Ya vio la cara de la mujer ante las señales de peligro. Hemos sabido también que el marido de la señora Warren sufrió un asalto, que, sin duda, iba dirigido contra el huésped. Estos avisos, y la desesperada necesidad de mantenerse en secreto, indican que se trata de un asunto de vida o muerte. El ataque contra el señor Warren demuestra, además, que el enemigo, quienquiera que sea, desconoce la sustitución de un huésped masculino por uno femenino. Es un caso muy extraño y complejo, Watson.

—¿Por qué va a involucrarse aún más en el caso? ¿Qué va a ganar usted con ello?

—En efecto, ¿por qué? Porque aquí interviene el arte por el arte, Watson. Supongo que cuando usted se doctoró se encontró estudiando casos sin pensar en los honorarios.

—Pero era para aprender, Holmes.

—Nunca termina uno de aprender, Watson. La educación consiste en una serie de lecciones, de las cuales las últimas son las más instructivas. Este es un caso instructivo. No hay en él dinero ni prestigio, y a pesar de ello me gustaría resolverlo. Cuando anochezca, nos deberíamos encontrar en la etapa más avanzada de nuestra investigación.

Cuando regresamos a la pensión de la señora Warren, la oscuridad de un anochecer invernal de Londres se había espesado hasta formar una cortina gris, una muerta monotonía monocromática, rota únicamente por los nítidos cuadrados amarillos de las ventanas y las borrosas aureolas de los faroles de gas. Atisbando desde la oscuridad del salón de la casa de huéspedes, otra pálida luz brilló en lo alto, horadando la oscuridad.

—Alguien se mueve en ese cuarto —susurró Holmes, con su adusto y ávido rostro inclinado hacia el cristal—. Sí, puedo ver su sombra. ¡Ahí está otra vez! Lleva una vela en la mano. Ahora escudriña hacia aquí. Quiere estar seguro de que ella se encuentra alerta. Ahora empieza a destellar. Apunte el mensaje usted también, Watson, luego los compararemos. Un único destello, eso es una «A», sin duda. Muy bien. ¿Cuántos destellos pudo distinguir usted? Veinte. Igual que yo. Seguro que eso es el comienzo de otra palabra. Muy bien. «TENTA.» Punto y final. No puede haber terminado ya, Watson. «ATTENTA» no tiene ningún sentido. Ni aunque la separe en tres palabras: «AT-TEN-TA». ¡Ahí va otra vez! ¿Qué es eso? «ATTE...» Vaya, el mismo mensaje otra vez. ¡Curioso, Watson, muy curioso! Empieza de nuevo. «AT...» Vaya, lo repite por tercera vez. ¡«ATTENTA» tres veces! ¿Cuántas veces lo va a repetir? No, parece que ya ha acabado. Se ha retirado de la ventana. ¿Qué opina de esto, Watson?

—Se trata de un mensaje cifrado, Holmes.

Mi compañero emitió una súbita carcajada, comprendiéndolo todo.

—Y no es un cifrado muy difícil, Watson —dijo—. ¡Claro, hombre, si es italiano! La «A» final indica que el mensaje va dirigido a una mujer. «¡Ten cuidado! ¡Ten cuidado! ¡Ten cuidado!» ¿Qué le parece, Watson?

—Creo que ha acertado.

—Sin duda. Se trata de un mensaje muy urgente, repetido tres veces para hacerlo aún más apremiante. Pero ¿cuidado de qué? Espere un momento, de nuevo regresa a la ventana.

Al reiniciarse las señales, pudimos atisbar la vaga silueta de un hombre agachado y el fulgor de la llama al otro lado de la ventana. Eran más rápidas que las anteriores, tanto que apenas podíamos seguirlas.

«—PERICOLO... Pericolo...» Eh, ¿qué significa eso, Watson? «Peligro», ¿no es cierto? Sí, por Júpiter, es una señal de peligro. ¡Ahí va otra vez! «PERI...» Caramba, pero qué demonios...

La luz se extinguió de repente, el cuadrado luminoso de la ventana desapareció y el tercer piso se convirtió en una banda oscura que rodeaba el alto edificio, con sus filas de brillantes ventanas de bisagra. El último grito de aviso había sido cortado de repente. ¿Cómo y por quién? Se nos ocurrió la misma idea a la vez. Holmes se levantó de un salto del lugar donde se había acurrucado, junto a la ventana.

—¡Esto es serio, Watson! —exclamó—. ¡Algo diabólico está en marcha! ¿Por qué iba a interrumpir su mensaje así? Debería informar a Scotland Yard de este asunto... Pero es demasiado apremiante para que nos marchemos.

—¿Voy a llamar a la policía?

—Tenemos que definir la situación de un modo un poco más claro. A lo mejor admite alguna interpretación más inocente. Vamos, Watson, vayamos nosotros mismos al edificio, a ver qué podemos averiguar.

Segunda parte

Mientras caminábamos rápidamente por Howe Street, me volví para mirar el edificio que acabábamos de abandonar. Allí, vagamente perfilada en la ventana más alta, pude ver el perfil de una cabeza, una cabeza de mujer, mirando rígida y tensa hacia la oscuridad de la noche, esperando casi sin aliento la reanudación del mensaje interrumpido. En el portal del edificio de apartamentos de Howe Street, un hombre, embozado con una bufanda y un gabán, estaba apoyado en la verja. Se sobresaltó cuando la luz del vestíbulo nos iluminó la cara.

—¡Holmes! —exclamó.

—¡Vaya, Gregson! —dijo mi compañero, dándole la mano al detective de Scotland Yard—. Los viajes finalizan con el encuentro de los amantes. ¿Qué le trae por aquí?

—Lo mismo que a usted, espero —dijo Gregson—. Pero cómo ha llegado hasta aquí, no puedo ni imaginármelo.

—Diferentes hilos que llevan al mismo enredo. He estado viendo las señales.

—¿Las señales?

—Sí, desde esa ventana. Se interrumpieron a la mitad. Vinimos a averiguar la razón. Pero, puesto que ya se encarga usted de su seguridad, no hay motivos para seguir con el asunto.

—¡Espere un momento! —exclamó Gregson ávidamente—. Le voy a decir la verdad, señor Holmes: nunca me he ocupado de un caso en el que no me sintiera mejor por contar con usted. Solo hay una salida de este edificio, así que le tenemos a buen recaudo.

—¿Quién es el hombre?

—Bueno, bueno, señor Holmes, por una vez nos hemos adelantado a usted. Esta vez tiene que reconocer que hemos sido mejores —dio un golpe seco en el suelo con el bastón, y un cochero, látigo en mano, se acercó desde un cuatro ruedas que habían estacionado al otro lado de la calle—. Este es el señor Leverton, de la agencia americana de detectives Pinkerton.

—¿El héroe del misterio de la cueva de Long Island? —dijo Holmes—. Encantado de conocerle.

El norteamericano, un joven tranquilo y de aspecto eficiente, de rostro afilado y bien afeitado, se ruborizó ante los elogios de Holmes.

—Estoy sobre la pista de mi vida, señor Holmes —dijo—. Si pudiera atrapar a Gorgiano...

—¿Cómo? ¿Gorgiano, el del Círculo Rojo?

—Oh, así que le conocen hasta en Europa, ¿no? Bueno, en América lo sabemos todo de él. Sabemos que es el responsable de cincuenta asesinatos y, sin embargo, no tenemos ninguna prueba que le incrimine. Voy detrás de él desde Nueva York y llevo una semana en Londres siguiéndole de cerca, esperando que me dé alguna excusa para echarle la mano al cuello. El señor Gregson y yo le hemos acorralado en ese gran edificio de viviendas al que únicamente se puede acceder por una puerta, así que no se nos puede escapar. Han salido tres personas desde que entró, pero juraría que no era ninguna de ellas.

—El señor Holmes ha dicho no sé qué de unas señales —dijo Gregson—. Me parece que, como siempre, sabe mucho más de lo que sabemos nosotros.

En pocas y simples palabras Holmes explicó la situación tal como se nos había presentado. El americano dio una palmada, irritado.

—¡Sabe que vamos tras él!

—¿Por qué lo cree usted así?

—Bueno, eso parece, ¿no? Ahí está, enviando mensajes a un cómplice; en Londres viven varios miembros de su banda. Luego, de repente, cuando, según cuenta usted, les decía que había peligro, se interrumpió. Eso solamente puede significar que nos había visto desde la ventana o que, de algún modo, había percibido el peligro inminente que se abatiría sobre él, y que debía actuar enseguida para evitarlo. ¿Qué sugiere, señor Holmes?

—Que subamos ahora mismo y lo comprobemos con nuestros propios ojos.

—Pero no tenemos orden de detención.

—Se encuentra en un lugar vacío en circunstancias sospechosas —dijo Gregson—. Eso bastará por ahora. Cuando le hayamos atrapado, ya veremos si Nueva York puede ayudarnos a retenerle. Asumiré la responsabilidad de arrestarle ahora mismo.

Nuestros oficiales de policía pueden carecer de inteligencia, pero nunca de valor. Gregson subió por la escalera para detener a aquel asesino acorralado con el mismo aire serio y tranquilo con el que habría subido la escalera de Scotland Yard. El agente de Pinkerton había tratado de adelantársele de un empujón, pero Gregson le echó hacia atrás firmemente con el codo. La policía de Londres tenía el privilegio de afrontar los peligros de Londres.

En el tercer descansillo, la puerta del apartamento de la izquierda se encontraba entreabierta. Gregson la abrió de un empujón. Dentro, todo era oscuridad, en la que reinaba un silencio absoluto. Encendí una cerilla con la que prendí la linterna del detective. Al hacerlo, y cuando la llama dejó de temblar, todos lanzamos un grito de sorpresa. Sobre las tablas del suelo sin alfombrar destacaba un reciente rastro de sangre. Los pasos ensangrentados apuntaban hacia nosotros y provenían de un cuarto interior, cuya puerta permanecía cerrada. Gregson la abrió de un golpe y sostuvo su linterna por delante, mientras todos escudriñábamos ansiosamente por encima de sus hombros.

En medio del suelo del cuarto vacío yacía acurrucada la figura de un hombre enorme, su rostro moreno y bien afeitado se contorsionaba de un modo grotesco y espantoso, su cabeza estaba rodeada por un espectral halo carmesí de sangre, tendido en medio de un amplio círculo húmedo sobre el entarimado blanco. Tenía las rodillas dobladas hacia arriba, las manos extendidas en un gesto de agonía, y del centro de su grueso y moreno cuello surgía el mango blanco de un cuchillo con la hoja enterrada completamente en su carne. Gigantesco como era, después de aquel terrible golpe, el hombre debía haber caído como un buey sacrificado. Junto a su mano derecha encontramos un tremendo puñal de doble filo y mango de cuerno tirado en el suelo; junto a él había un guante negro de cabritilla.

—¡Por san Jorge! ¡Es Gorgiano el Negro en persona! —exclamó el detective americano—. Esta vez alguien se nos ha adelantado.

—Ahí, junto a la ventana, está la vela, señor Holmes —dijo Gregson—. Pero ¿qué está haciendo?

Holmes atravesó la habitación, encendió la vela y la pasó de un lado a otro de la ventana. Luego atisbó en la oscuridad, apagó la vela de un soplo y la tiró al suelo.

—Me parece que nos será de gran ayuda —dijo. Se acercó, quedándose profundamente pensativo mientras los dos profesionales examinaban el cadáver—. Dice usted que tres personas salieron de la casa mientras ustedes esperaban abajo —dijo al fin—. ¿Se fijó bien en ellas?

—Sí.

—¿Vio a un hombre de unos treinta años, de barba negra, moreno, de complexión media?

—Sí, fue el último en pasar por delante de mí.

—Me parece que ese es su hombre. Puedo proporcionarle su descripción, y además disponemos de un excelente dibujo de sus huellas. Eso debería bastarle.

—No será suficiente para encontrarle entre los millones de habitantes de Londres, señor Holmes.

—Quizá no. Por eso pensé que era mejor llamar a la señora para que viniese en su ayuda.

Ante aquellas palabras todos nos dimos la vuelta. Allí, enmarcada en el umbral, había una hermosa mujer, la misteriosa inquilina de Bloomsbury. Avanzó lentamente hacia nosotros con la cara pálida y tensa a causa de una terrible aprensión, con los ojos fijos y abiertos de par en par y su aterrorizada mirada clavada en la oscura figura tendida en el suelo.

—¡Le han matado! —murmuró—. ¡Oh, *Dio mio,* le han matado!

Entonces pude oír cómo, de repente, tomó aliento profundamente y dio un salto, emitiendo un grito de alegría. Danzó alrededor del cuarto dando palmadas, sus ojos oscuros fulguraban de felicidad y de su boca se derramaban mil hermosas exclamaciones en italiano. Resultaba terrible y sorprendente ver a esta mujer muerta de felicidad ante tal espectáculo. De repente, se detuvo y nos miró a todos, interrogándonos con la mirada.

—Pero ustedes... ¡Ustedes son de la policía!, ¿verdad? Ustedes han matado a Giuseppe Gorgiano. ¿No es cierto?

—Somos de la policía, señora.

Ella miró en torno suyo, hacia las sombras del cuarto.

—Entonces, ¿dónde está Gennaro? —preguntó—. Es mi marido, Gennaro Lucca. Yo soy Emilia Lucca, y los dos venimos de Nueva York. ¿Dónde está Gennaro? Me acaba de llamar desde esta ventana y he venido corriendo a toda prisa.

—Fui yo quien la llamó —dijo Holmes.

—¡Usted! ¿Cómo pudo hacerlo?

—Su código no era muy difícil de descifrar, señora. Su presencia aquí era necesaria. Sabía que solo tenía que transmitir *«Vieni»* para que usted acudiera con presteza.

La hermosa italiana miró, admirada, a mi compañero.

—No entiendo cómo sabe esas cosas —dijo—. Giuseppe Gorgiano... Cómo pudo... —se detuvo y, de repente, su cara se iluminó con orgullo y placer—. ¡Ya lo entiendo! ¡Mi Gennaro! ¡Mi espléndido y hermoso Gennaro, que me ha protegido de todo mal, lo hizo; mató a este monstruo con sus propias manos! ¡Oh, Gennaro, eres un hombre maravilloso! ¿Qué mujer puede merecer a un hombre como él?

—Bueno, señora Lucca —dijo el prosaico Gregson, poniendo su mano sobre la manga de la señorita con la misma falta de delicadeza con la que se dirigiría a un gamberro de Notting Hill—. Todavía no sé quién o qué es usted, pero ya ha dicho bastante como para dejar claro que la vamos a necesitar en Scotland Yard.

—Un momento, Gregson —dijo Holmes—. Me parece que esta señora tiene tantos deseos de proporcionarnos información como nosotros de recibirla. Señora, ¿comprende usted que su marido será detenido y juzgado por la muerte del hombre que tenemos ante nosotros? Lo que diga usted puede ser empleado como prueba durante el proceso. Pero si cree que él actuó por motivos que no son criminales y que querría que se conociesen, entonces lo mejor que puede hacer para ayudarle es contarnos toda la historia.

—Ahora que Gorgiano ha muerto, no tenemos miedo a nada —dijo la dama—. Era un demonio y un monstruo, y no puede haber juez en el mundo que castigue a mi marido por haberlo matado.

—En tal caso —dio Holmes—, sugiero que cerremos esta puerta con llave, dejemos las cosas tal como las encontramos, vayamos con esta dama a su cuarto y saquemos nuestras propias conclusiones después de oír lo que tenga que contarnos.

Media hora después, los cuatro nos encontrábamos sentados en la pequeña sala de estar de la signora Lucca, escuchando su extraordinario relato de los siniestros acontecimientos cuyo final habíamos tenido la oportunidad de presenciar. Habló empleando un inglés rápido y fluido, pero nada convencional, que no intentaré imitar, en aras de presentar el relato con la mayor claridad posible.

—Nací en Posilippo, cerca de Nápoles —dijo—, hija de Augusto Barelli, que era el abogado y en una ocasión diputado de la comarca. Gennaro trabajaba para mi padre y me enamoré de él, como habría hecho cualquier mujer. No tenía dinero ni posición, nada, salvo su hermosura y su fuerza y energía, así que mi padre prohibió el matrimonio. Huimos juntos, nos casamos en Bari y vendí mis joyas para obtener dinero con el que llegar a América. Eso fue hace cuatro años, y desde entonces hemos vivido en Nueva York.

»Al principio nos sonrió la fortuna. Gennaro le hizo un favor a un caballero italiano, le salvó de unos rufianes que le atacaron en un lugar llamado El Bowery, haciéndose así un amigo poderoso. Se llamaba Tito Castalotte y era el principal socio de la firma Castalotte y Zamba, que son los importadores de fruta más importantes de Nueva York. El señor Zamba es inválido, y nuestro nuevo amigo, Castalotte, dirigía la empresa que daba empleo a más de trescientos hombres. Contrató a mi marido, le hizo jefe de un departamento de su empresa y le mostró su buena voluntad en todos los sentidos. El signor Castalotte era soltero y creo que consideraba a Gennaro como a su hijo y tanto mi marido como yo lo queríamos como si fuese nuestro padre. Habíamos adquirido y amueblado una casita en Brooklyn y nuestro porvenir parecía asegurado cuando apareció una nube negra que pronto iba a cubrir nuestro cielo.

»Una noche, Gennaro volvió de trabajar y trajo a un compatriota con él. Se llamaba Gorgiano, y también era de Posilippo. Era un hombre enorme, como saben, puesto que han visto su cadáver. No solo tenía cuerpo de gigante, sino que todo en él era grotesco, gigantesco y aterrador. Su voz retumbaba como el trueno en las paredes de nuestra casita. Apenas había sitio para los gestos que hacía con sus enormes brazos mientras hablaba. Sus pensamientos, sus emociones, sus pasiones, todo era exagerado y monstruoso. Hablaba, o más bien rugía, con tal energía que los demás no podían sino quedarse escuchando, acobardados por aquel poderoso torrente de palabras. Sus ojos relampagueaban cuando te miraban, dejándote a su merced. Era un hombre terrible y extraordinario. ¡Gracias a Dios que está muerto!

»Volvió una y otra vez. Pero yo me daba cuenta de que a Gennaro tampoco le agradaba su presencia. Mi pobre marido permanecía sentado, pálido y silencioso, escuchando sus interminables peroratas sobre política y cuestiones sociales, que conformaban la conversación de nuestro invitado. Gennaro no decía nada, pero yo, que le conocía tan bien, pude leer en su rostro una emoción que nunca había visto en él. Al principio creí que se trataba de disgusto. Y luego, gradualmente, me fui dando cuenta de que era algo más que disgusto. Era miedo..., un miedo profundo, secreto, que le paralizaba. Aquella noche, la noche en que me di cuenta del terror que sentía, lo abracé y le imploré, por el amor que sentía por mí y por todo lo que él quería, que no me ocultara nada y me confesase la razón por la que este hombre enorme le abrumaba tanto.

»Me lo contó, y mi corazón se quedó frío como el hielo mientras le escuchaba. Mi pobre Gennaro, en sus días locos y salvajes, cuando el mundo parecía ponerse en su contra y las injusticias de la vida estuvieron a punto de hacerle perder el juicio, se había unido a una sociedad secreta napolitana, el Círculo Rojo, que había establecido una alianza con los antiguos *carbonari*. Los juramentos y secretos de aquella fraternidad eran terribles; una vez bajo su dominio, resultaba imposible escapar. Cuando huimos a América, Gennaro creyó que se había librado de ellos para siempre. ¡Cuál sería su espanto cuando una noche se encontró por las calles de Nueva York al mismo hombre que le había iniciado en Nápoles, el gigante Gorgiano, un hombre que se había ganado el sobrenombre de «Muerte» en el sur de Italia, pues estaba teñido hasta los codos de sangre! Había venido a Nueva York para evitar a la policía italiana y ya había fundado una rama de esta espantosa sociedad en su nuevo hogar. Todo esto me lo contó Gennaro, y me mostró una convocatoria que había recibido aquel mismo día, con un Círculo Rojo dibujado en el encabezamiento, diciéndole que se iba a celebrar una reunión en una determinada fecha y que se ordenaba y requería su presencia.

»Eso ya era malo de por sí, pero lo peor estaba aún por llegar. Ya me había dado cuenta de que, desde hacía algún tiempo, cuando Gorgiano venía a vernos, como hacía siempre, al anochecer, me hablaba mucho; e incluso cuando se dirigía a mi marido, posaba sobre mí aquellos terribles ojos, salvajes y fulgurantes. Una noche me reveló su secreto. Yo había despertado en él lo que llamaba "amor"... El amor de un animal, de un salvaje. Vino a casa cuando Gennaro no había vuelto todavía. Se abrió paso a empujones, me agarró con sus poderosos brazos, me atrapó en su abrazo de oso, me cubrió de besos y me suplicó que huyera con él. Yo luchaba y chillaba cuando Gennaro entró y le atacó. Dejó a Gennaro sin sentido de un solo golpe y huyó de nuestra casa, donde nunca más volvería. Aquella noche nos ganamos un enemigo mortal.

»Pocos días después se celebró la reunión. Gennaro regresó de ella con una expresión tan sombría que comprendí que había ocurrido algo espantoso. Pero era peor de lo que podíamos haber imaginado. La sociedad recaudaba fondos por medio del chantaje a italianos ricos, amenazándolos con la violencia cuando se negaban a pagar. Parece que habían contactado con Castalotte, nuestro querido amigo y benefactor. Castalotte había rehusado ceder a las amenazas y había entregado las cartas a la policía. En la reunión se acordó que volarían su casa con dinamita, para dar ejemplo y así evitar que otras víctimas se negasen a ceder a los chantajes de la banda. Se echó a suertes quién debía realizar el atentado. Cuando le llegó el turno de meter la mano en la bolsa, Gennaro vio una sonrisa en el rostro cruel de nuestro enemigo. No me cabe duda de que lo habían amañado de algún modo, pues lo que finalmente apareció en la palma de la mano de Gennaro fue el disco que le condenaba a cometer el asesinato, el Círculo Rojo. Tenía que asesinar a su mejor amigo o exponerse él mismo y a mí a la venganza de sus camaradas. Era parte de su demoníaco proceder castigar a quienes temían u odiaban dañándoles no solo a ellos, sino también a sus seres queridos, y este conocimiento pendía sobre la aterrorizada cabeza de mi pobre Gennaro, medio enloquecido por el miedo.

»Pasamos toda la noche en vela, juntos, abrazados, dándonos fuerzas mutuamente ante las dificultades que se nos presentaban. Se había fijado que la noche siguiente se atentaría contra Castalotte. A mediodía, mi esposo y yo íbamos de camino a Londres, pero no sin antes avisar a nuestro benefactor del peligro que le acechaba, y también informar a la policía, para que protegiese su vida en el futuro.

»El resto, caballeros, ya lo saben. Estábamos seguros de que nuestros enemigos nos perseguirían como si fueran nuestras propias sombras. Gorgiano tenía sus razones para buscar venganza, pero además sabíamos lo incansable, astuto e inexorable que podía llegar a ser. Tanto Italia como América rebosan con historias acerca de su temible poder. Ahora sería cuando lo emplearía sin ambages. Mi marido aprovechó los pocos días de ventaja que nos había concedido nuestra huida para buscarme un refugio, de tal modo que me encontrara a salvo de cualquier peligro. Por su parte, su intención era disponer de libertad para poder comunicarse con la policía norteamericana e italiana. Ni siquiera yo sé dónde o cómo vivía. Solo recibía noticias suyas a través de las columnas de los periódicos. Pero una vez, al mirar por la ventana de mi habitación, vi a dos italianos vigilando la casa, así que comprendí que, de algún modo, Gorgiano había descubierto nuestro refugio. Finalmente, Gennaro me dijo, empleando el periódico, que me haría señales desde cierta ventana, pero cuando por fin llegaron, estas señales no eran sino alertas que se interrumpieron de pronto. Ahora veo claro que él sabía que Gorgiano le pisaba los talones, y que, ¡gracias a Dios!, estaba preparado para enfrentarse a él cuando llegara el momento. Y ahora, caballeros, les pregunto si tenemos algo que temer de la justicia, o si algún juez del mundo condenaría a mi Gennaro por lo que ha hecho.

—Bueno, señor Gregson —dijo el americano, mirando hacia el inspector de policía—, desconozco cuál es la opinión británica acerca de este asunto, pero creo que en Nueva York el marido de esta dama recibiría una muestra de agradecimiento general.

—Tendrá que venir conmigo a ver al inspector jefe —replicó Gregson—. Si se confirma lo que nos ha contado, no creo que ni ella ni su marido tengan mucho que temer. Pero lo que no puedo entender en absoluto, señor Holmes, es cómo se vio usted involucrado en este asunto.

—Por la educación, señor Gregson, por la educación. Sigo aprendiendo en la más antigua de las universidades. Bueno, Watson, ya tiene otro ejemplar trágico y grotesco que añadir a su colección. Por cierto, ¿no son ya las ocho? ¡Y es noche de Wagner en el Covent Garden! Si nos damos prisa, podremos llegar a tiempo para el segundo acto.

La aventura de los planos del Bruce-Partington

En la tercera semana de noviembre del año 1895 cayó sobre Londres una densa niebla amarillenta. Desde el lunes hasta el jueves no nos fue posible distinguir desde nuestra ventana de Baker Street la silueta de las casas de enfrente. Holmes se pasó el primer día metodizando el índice de su grueso libro de consulta. El segundo y el tercer día los empleó pacientemente en un tema que se había convertido, de un tiempo a esta parte, en su afición preferida: la música de la Edad Media. Pero el cuarto día, cuando, al levantarnos después de desayunar, vimos que seguía pasando delante de nuestras ventanas el espeso remolino parduzco y grasiento, condensándose en aceitosas gotas sobre la superficie de nuestros cristales, el temperamento activo e impaciente de mi camarada no pudo soportarlo más. Se puso a caminar incansablemente por nuestra sala en un ataque febril de energía reprimida, mordiéndose las uñas, tamborileando en los muebles, irritado por la falta de actividad.

—¿Algo interesante en el periódico, Watson? —dijo.

Yo sabía que cuando Holmes preguntaba si había algo de interés en el periódico se refería a algo interesante desde el punto de vista criminal. Los periódicos traían noticias de una revolución, de una posible guerra, de un inminente cambio de gobierno, pero estos asuntos no se encontraban entre los intereses de mi compañero. No pude encontrar ninguna referencia a hechos delictivos que no fuese vulgar y fútil. Holmes refunfuñó y reanudó su incansable paseo.

—El mundo criminal de Londres es, desde luego, un mundo aburrido —dijo, con la voz quejumbrosa del cazador incapaz de levantar alguna presa—. Mire por la ventana, Watson. Fíjese en cómo las figuras aparecen de pronto, se dejan ver borrosamente y luego vuelven a fundirse en el banco de nubes. El ladrón y el asesino podrían vagar por Londres libremente, como lo hace el tigre en la selva, invisible hasta que se lanza sobre su presa, haciéndose visible, únicamente, para su víctima.

—Se han cometido infinidad de pequeños robos —dije.

Holmes resopló con desprecio.

—Este grandioso y sombrío escenario merece algo más digno que eso —dijo—. Es una suerte para la comunidad que yo no sea un criminal.

—¡Ya lo creo que lo es! —exclamé de todo corazón.

—Imagine que yo fuese Brooks o Woodhouse, o cualquiera de los cincuenta individuos que poseen buenas razones para quitarme la vida. ¿Durante cuánto tiempo sería capaz de sobrevivir a mi propia persecución? Una llamada, una cita falsa y todo habría acabado. Es una suerte que no haya niebla en los países latinos, los países del asesinato. ¡Por Júpiter! Al fin llega algo capaz de romper nuestra agobiante monotonía.

Se trataba de la doncella, que traía un telegrama. Holmes lo abrió y se echó a reír.

—¡Vaya, vaya! ¿Y luego qué? —dijo—. Mi hermano Mycroft viene a visitarnos.

—¿Y eso le parece extraño? —pregunté.

—¿Que si me extraña? Es como si se encontrara con un tranvía circulando por un sendero campestre. Mycroft va sobre raíles y no se sale de ellos. Su piso de Pall Mall, el Club Diógenes, Whitehall... Ese es su ciclo vital. Una vez, solo una, ha estado aquí. ¿Qué terremoto ha podido hacerle descarrilar?

—¿No se lo explica en la nota?

Holmes me entregó el telegrama de su hermano.

Debo consultarte acerca de Cadogan West. Voy enseguida.

Mycroft

—¿Cadogan West? Me suena ese nombre.

—A mí no me dice nada. ¡Quién iba a imaginarse que Mycroft se presentaría aquí de forma tan inesperada! Es como si un planeta se saliese de su órbita. Por cierto, ¿sabe a qué se dedica Mycroft?

Yo conservaba el confuso recuerdo de algo parecido a una explicación sobre el tema cuando nos vimos involucrados en la aventura del intérprete griego.

—Me dijo usted que ocupaba un pequeño cargo en un departamento del Gobierno británico.

Holmes rio.

—En aquel momento no le conocía tan bien como ahora. La discreción es de obligado cumplimiento cuando se habla de asuntos de Estado. Es cierto, trabaja para el Gobierno británico. Pero también acertaría si dijese que, de vez en cuando, *es* el Gobierno británico.

—¡Mi querido Holmes!

—Creí que podría sorprenderle. Mycroft gana cuatrocientas cincuenta libras al año, sigue siendo un subordinado, no alberga ambiciones de ningún tipo, no recibirá ningún honor ni ningún título, pero, a pesar de ello, es uno de los hombres más indispensables del país.

—Pero ¿por qué?

—Bueno, ocupa una posición única, que él mismo se ha creado. Nunca ha existido nada que se le parezca, ni volverá a existir. Mi hermano posee el cerebro más ordenado y disciplinado del país, cuya capacidad de almacenar datos es superior a la de cualquier otro ser viviente. Las mismas facultades que yo he dedicado al arte detectivesco, él las ha dedicado a esta actividad especial. Todos los departamentos ministeriales le entregan sus conclusiones y él es la central de intercambio, el centro de información que prepara el balance. Todos los demás hombres son especialistas en un campo, la especialidad de mi hermano es saberlo todo. Supongamos que un ministro necesita información acerca de una cuestión que afecta a la Marina, la India, Canadá y el bimetalismo; podría obtener los informes por separado de cada uno de los departamentos, un informe por cada problema, pero solo Mycroft es capaz de contemplarlos todos globalmente y enviar inmediatamente un informe sobre cómo cada uno de ellos podría influir en los demás. Al principio le empleaban para ahorrar tiempo, por comodidad; ahora ha llegado a convertirse en un elemento clave del engranaje gubernamental. En su gran cerebro, la información es sistemáticamente archivada y puede ser escogida y utilizada en el acto. En muchas ocasiones ha sido él quien ha decidido la política nacional. En eso consiste su vida. No piensa en nada más, salvo cuando, como relajante ejercicio intelectual, voy a visitarle y le pido consejo sobre alguno de mis pequeños problemas. Pero hoy Júpiter ha descendido de su trono. ¿Qué demonios puede haber pasado? ¿Quién es Cadogan West y qué significa para Mycroft?

—¡Ya lo tengo! —exclamé, zambulléndome entre los periódicos que se acumulaban en el sofá—. ¡Sí, sí, aquí está, claro que sí! Cadogan West era el joven encontrado muerto en el metro el martes por la mañana.

Mostrando atención, Holmes se irguió en su asiento, con la pipa a mitad de camino de su boca.

—Sin duda, se trata de un asunto serio, Watson. Una muerte que ha obligado a mi hermano a alterar sus costumbres no puede ser cosa de broma. ¿Qué tendrá que ver Mycroft en este asunto? No recuerdo que fuese un caso especialmente notable. Aparentemente, el joven había encontrado la muerte al caer del tren. No le habían robado y no existía ninguna razón que hiciese sospechar que hubiese sufrido algún tipo de violencia. ¿No es así?

—Se ha realizado una investigación —dije— que ha sacado a relucir gran cantidad de hechos nuevos. Mirándolo más de cerca, desde luego me atrevería a afirmar que se trata de un caso curioso.

—A juzgar por el efecto que ha provocado en mi hermano, yo diría que es extraordinario —Holmes se arrellanó en su butaca—. Bien, Watson, veamos los hechos.

—El nombre del joven era Arthur Cadogan West, de veintisiete años, soltero y oficinista en el arsenal de Woolwich.

—Un empleado del Gobierno. ¡Ahí tiene usted el eslabón que le relaciona con mi hermano Mycroft!

—El lunes por la noche se marchó precipitadamente de Woolwich. La última persona que le vio fue su *fiancée,* la señorita Violet Westbury, a quien abandonó bruscamente en la niebla a las siete y media de aquella noche. No se habían peleado, y la muchacha no pudo encontrar ninguna explicación a aquella conducta. Lo siguiente que supo de él fue que un peón del ferrocarril llamado Mason había descubierto su cadáver en la parte exterior de la estación de Aldgate, en el metro de Londres.

—¿A qué hora lo encontraron?

—El cadáver fue descubierto a las seis de la mañana del martes. Yacía a bastante distancia de los raíles, a mano izquierda de la vía según se mira hacia el este, en un lugar próximo a la estación, donde la vía sale del túnel. Tenía la cabeza completamente destrozada, una herida que bien pudo producirse al caerse del tren, ya que solo de esta manera pudo quedar el cadáver tirado sobre la vía. Si le hubieran llevado hasta allí desde alguna de las calles más próximas, habrían tenido que pasar por los tornos de la estación, en los que siempre hay un cobrador presente. Este detalle parece completamente incuestionable.

—Muy bien. El caso está bastante definido. El hombre, vivo o muerto, cayó o fue arrojado desde el tren. Eso lo tengo clarísimo. Por favor, prosiga.

—Los trenes que corren por la vía junto a la cual fue encontrado el cadáver son los que recorren la ciudad de este a oeste; algunos son exclusivamente metropolitanos, mientras que otros proceden de Willesden y de otros empalmes de la periferia. Puede asegurarse que el joven viajaba en esa dirección a una hora avanzada antes de hallar su muerte; pero es imposible determinar en qué punto del sistema ferroviario subió al tren.

—Su billete demostraría dónde lo hizo.

—No se le encontró billete alguno en los bolsillos.

—¡Sin billete! Dios santo, Watson, eso sí que es extraño. La experiencia nos dice que es imposible llegar al andén del ferrocarril metropolitano sin

enseñar el billete, por lo que, probablemente, el joven llevaba uno. ¿Se lo arrebataron para evitar que se descubriese en qué estación había subido? Puede ser. ¿O se le cayó en el vagón? Eso también puede ser. Pero el detalle resulta de lo más interesante. Entiendo que no se encontraron señales que atestiguaran un intento de robo.

—Parece ser que no. Aquí viene una lista de todo lo que llevaba encima. Su cartera contenía dos libras y quince chelines. También llevaba un talonario de la sucursal de Woolwich del Capital and Counties Bank. Gracias a él se le pudo identificar. Asimismo, encontraron dos entradas de platea baja para la función de aquella misma noche en el Teatro de Woolwich. Y, finalmente, tenemos un pequeño paquete de documentos técnicos.

Holmes dejó escapar una exclamación de satisfacción.

—¡Ahí lo tenemos por fin, Watson! Gobierno británico, arsenal de Woolwich, documentos técnicos, mi hermano... La cadena está completa. Pero, si no me equivoco, aquí llega Mycroft en persona, él mismo nos explicará el asunto.

Un momento después, se hizo pasar a la alta y corpulenta figura de Mycroft Holmes. Su enorme y fornido corpachón sugería una desmañada inercia física, pero en lo alto de aquel voluminoso cuerpo se alzaba una cabeza de ceño tan imponente, de tan profundos y vivaces ojos del color del acero, de labios tan firmes y de expresión tan sutil que, tras la primera impresión, uno olvidaba su gruesa figura y solo recordaba su poderoso intelecto.

Tras él venía nuestro viejo amigo Lestrade, de Scotland Yard, delgado y austero. La expresión grave de ambas caras anunciaba que se traían un asunto importante entre manos. El detective intercambió apretones de manos sin pronunciar palabra. Mycroft Holmes forcejeó con su abrigo y luego se hundió en un butacón.

—Un asunto de lo más fastidioso, Sherlock —dijo—. Me desagrada sobremanera alterar mis costumbres, pero no podía responder con una negativa a los superiores. Tal como están las cosas en Siam, no es el mejor momento para que me ausente de mi despacho. Pero esto es una auténtica crisis. Nunca había visto al primer ministro tan alterado. En cuanto al

Almirantazgo... Se ha producido tal alboroto que parece una colmena de abejas a la que se hubiera vuelto del revés. ¿Has leído alguna cosa referente al caso?

—Acabamos de hacerlo. ¿Qué documentos técnicos eran esos?

—¡Ahí está la cuestión! Afortunadamente, no se ha hecho público. De lo contrario, la prensa hubiese ardido con la noticia. Lo que llevaba el desdichado joven en su bolsillo eran los planos del submarino Bruce-Partington.

Mycroft Holmes hablaba con una solemnidad que dejaba muy clara la gravedad del asunto. Su hermano y yo esperamos, expectantes.

—Seguramente estarás enterado. Creía que todo el mundo había oído hablar de ello.

—Solo conocía el nombre.

—Resulta casi imposible exagerar su importancia. De todos los secretos del Gobierno, este era el que se guardaba más celosamente. Puedes creerme si te digo que dentro del radio de acción de un submarino Bruce-Partington cualquier operación de guerra naval se convierte en imposible. Hace dos años, se inyectó bajo cuerda una enorme suma de dinero en los presupuestos, que fue destinada a la adquisición del invento en exclusiva. Se han realizado toda clase de esfuerzos para mantener el asunto en secreto. Los planos, que son extraordinariamente complejos, abarcan unas treinta patentes independientes, cada una de las cuales resulta esencial para el funcionamiento del conjunto, y se guardan en una sofisticada caja fuerte situada en una oficina confidencial anexa al Arsenal, y cuyas puertas y ventanas son a prueba de ladrones. Bajo ningún concepto y en ninguna circunstancia podían sacarse los planos de la oficina. Incluso si el ingeniero jefe de la Marina deseaba consultarlos, debía dirigirse a las oficinas de Woolwich. Dicho esto, nos encontramos ahora con que dichos planos se hallaron en los bolsillos de un oficinista que ha aparecido muerto en el corazón de Londres. Desde el punto de vista del Gobierno, esto es sencillamente espantoso.

—Pero ¿los habéis recuperado?

—¡No, Sherlock, no! Ahí está el problema. No los hemos recuperado. Desaparecieron diez planos de Woolwich. En los bolsillos de Cadogan West se encontraron siete. Los tres más importantes han desaparecido, fueron robados, se esfumaron. Sherlock, debes abandonar cuanto tengas entre manos. Tus acertijos insignificantes, propios de comisaría de policía, no tienen ninguna importancia. Tienes que resolver un asunto internacional de vital importancia. ¿Por qué Cadogan West se llevó los documentos? ¿Dónde están los que han desaparecido? ¿Cómo murió el joven? ¿Cómo llegó su cadáver al lugar donde fue encontrado? ¿Cómo podemos enderezar este entuerto? Encuentra una respuesta a estas preguntas y habrás prestado un gran servicio a tu país.

—¿Por qué no lo resuelves tú mismo, Mycroft? Eres capaz de llegar tan lejos como yo.

—Es posible, Sherlock. Pero es cuestión de reunir información. Tú dame esa información y desde mi sillón soy capaz de devolverte un excelente informe técnico. Pero correr de aquí para allá, interrogar a los guardas ferroviarios y tumbarme en el suelo con un cristal de aumento pegado a la cara... Ese no es mi *métier*. No, tú eres el único que puede aclarar el asunto. Si quieres que aparezca tu nombre en la próxima lista de honores...

Mi amigo sonrió, meneando la cabeza en señal de negación.

—Me gusta jugar por el puro placer de hacerlo —dijo—. Ahora bien, el problema presenta ciertos detalles de interés, así que será un placer echarle un vistazo. Dame algunos datos más, por favor.

—He anotado los detalles más importantes en esta hoja de papel, junto con algunas direcciones que pueden resultarte de utilidad. Ahora mismo, el custodio oficial de los planos es el célebre técnico del Gobierno sir James Walter, cuyas condecoraciones y títulos podrían llenar dos líneas en una enciclopedia. Lleva toda la vida en el servicio, es un caballero, un invitado de honor en las casas de las familias más eminentes del país y, sobre todo, es un hombre cuyo patriotismo está más allá de cualquier duda. Es una de las dos personas que tiene una llave de la caja de seguridad. Debo añadir que el lunes los documentos se encontraban, sin duda alguna, en las oficinas, y que sir James salió para Londres a eso de las tres de la tarde, llevándose la llave con él. Permaneció toda la velada en casa del almirante Sinclair, en Barclay Square, mientras tuvo lugar el incidente.

—¿Se ha contrastado este hecho?

—Sí. Su hermano, el coronel Valentine Walter, fue testigo de su marcha y el almirante Sinclair, de su llegada a Londres; de modo que sir James dejó de ser un factor de la ecuación.

—¿Quién era la otra persona que disponía de una llave?

—El oficial de primera y delineante, el señor Sidney Johnson. Es un hombre de unos cuarenta años, casado, padre de cinco hijos. Es un tipo callado y huraño, pero, en conjunto, su hoja de servicios al Estado es excelente. No despierta muchas simpatías entre sus colegas, pero es un trabajador infatigable. Según su declaración, solo respaldada por el testimonio de su mujer, permaneció en casa toda la tarde del lunes después de volver de trabajar, y su llave no abandonó jamás la cadena del reloj de la que cuelga.

—Háblanos acerca de Cadogan West.

—Llevaba diez años en el servicio público y había trabajado bien. Tenía fama de ser un hombre apasionado e impetuoso, pero también recto y honrado. No tenemos nada que hable en su contra. Ocupaba el lugar adyacente al de Sidney Johnson en la oficina. Sus obligaciones le ponían en contacto diario y personal con los planos. Nadie más podía manejarlos.

—¿Quién guardó los planos en la caja fuerte aquella noche?

—El señor Sidney Johnson, el oficial.

—Bien, desde luego, está claro quién se los llevó, puesto que finalmente se encontraron en el cuerpo del segundo empleado, Cadogan West. Este hecho es definitivo, ¿no es cierto?

—Lo es, Sherlock; sin embargo, quedan muchas cosas sin explicar. En primer lugar, ¿por qué se los llevó?

—Imagino que eran de un gran valor.

—Podría haber obtenido varios miles de libras a cambio, sin ninguna dificultad.

—¿Se te ocurre algún otro motivo para llevarse los documentos a Londres, que no fuese para venderlos?

—No.

—Entonces tomaremos eso como hipótesis de trabajo. El joven West se llevó los documentos. Y ello solo pudo lograrlo si disponía de una llave falsa.

—Varias llaves falsas. Tenía que abrir las puertas del edificio y las de la oficina.

—Disponía, pues, de varias llaves falsas. Se llevó los documentos a Londres para vender el secreto, y, sin duda, planeaba devolverlos a la caja fuerte a la mañana siguiente, antes de que nadie los echase en falta. Encontró la muerte en Londres, mientras llevaba a cabo su traición.

—Pero ¿cómo?

—Supongamos que viajaba de regreso a Woolwich cuando fue asesinado y arrojado fuera del vagón.

—Pero Aldgate, el lugar donde se encontró el cuerpo, se encuentra más allá de la estación del puente de Londres, que sería su ruta más lógica hacia Woolwich.

—Es posible imaginar muchas circunstancias que le podrían obligar a seguir hasta pasado London Bridge. Por ejemplo, quizá se enfrascó en una conversación con alguien que viajaba en su mismo vagón. Esta conversación desembocó en una violenta escena en la que perdió la vida. Posiblemente, cayó a las vías al intentar salir del vagón, y de ese modo halló la muerte. La otra persona cerró la puerta. Había una niebla muy espesa y nadie pudo ver nada.

—Dados los datos que poseemos del asunto hasta el momento, no es posible dar una explicación mejor; sin embargo, Sherlock, date cuenta de los muchos detalles que te dejas fuera. Supongamos, por seguir con tu razonamiento, que el joven Cadogan West se había propuesto llevar esos papeles a Londres. Naturalmente, habría concertado un encuentro con el agente extranjero y, por esa razón, no habría adquirido ningún compromiso para esa misma tarde. Pero, en vez de ello, compró dos entradas para el teatro, acompañó a su novia hacía allí y a medio camino desapareció de repente.

—Una cortina de humo —dijo Lestrade, que permanecía sentado, escuchando con cierta impaciencia la conversación.

—Una cortina de humo extremadamente rara. Esa es la objeción número uno. Objeción número dos: supongamos que llega a Londres y se encuentra con el agente extranjero. Es preciso que devuelva los documentos antes de la mañana siguiente o, de lo contrario, se descubriría su desaparición. Se llevó diez planos. Solo se encontraron siete en su bolsillo. ¿Qué ocurrió con los otros tres? Desde luego, no se habría desprendido de ellos por propia voluntad. Además, ¿qué obtuvo por su traición? Lo normal es que llevase encima una gran cantidad de dinero.

—Yo lo veo absolutamente claro —dijo Lestrade—. No cabe la menor duda de lo que ocurrió. Robó los documentos para venderlos. Se entrevistó con el espía. No llegaron a un acuerdo sobre el precio. Él emprendió el camino de vuelta a casa, pero el espía fue tras él. El espía le asesinó en el tren, tomó los documentos más importantes y arrojó su cuerpo a las vías. Eso lo explicaría todo, ¿no es así?

—¿Por qué no llevaba billete?

—El billete habría indicado cuál era la estación más cercana a la casa del espía. Por eso se lo quitó del bolsillo.

—Bien, Lestrade, muy bien —dijo Holmes—. Su teoría es sólida. Pero si fuese cierta, el caso estaría prácticamente cerrado. Por un lado, el traidor habría muerto. Y, por el otro, los planos del Bruce-Partington se encontrarían ya, con toda probabilidad, en el continente. ¿Qué nos quedaría por hacer?

—¡Actuar, Sherlock, actuar! —exclamó Mycroft, poniéndose de pie de un salto—. Todos mis instintos se rebelan en contra de esa teoría. ¡Usa tu talento! ¡Ve a la escena del crimen! ¡Habla con todas las personas relacionadas con el asunto! ¡No dejes piedra sin mover! Jamás en toda tu carrera tuviste una oportunidad más grande de servir a tu país.

—¡Bueno, bueno! —dijo Holmes, encogiéndose de hombros—. ¡Vamos, Watson! Y usted, Lestrade, ¿tendríamos el honor de contar con su presencia durante algunas horas? Comenzaremos nuestra investigación visitando la estación de Aldgate. Adiós, Mycroft, te haré llegar un informe antes de que anochezca, pero te adelanto que es poco lo que puedes esperar.

❧

Una hora después, Holmes, Lestrade y yo estábamos en el ferrocarril subterráneo, en el mismo lugar donde este sale del túnel, justo antes de desembocar en la estación de Aldgate. Un anciano caballero, muy cortés y rubicundo, que representaba a la compañía de ferrocarriles, nos señaló un punto situado a unos tres pies de los raíles.

—Ahí es donde yacía el cadáver del joven —dijo—. No pudo caer desde arriba, porque, como pueden comprobar, son muros completamente lisos. Por lo tanto, solo pudo caer de un tren, y ese tren, hasta donde podemos rastrearlo, debió pasar cerca de la medianoche del lunes.

—¿Se han examinado los vagones en busca de algún rastro que demostrase que se había producido una pelea?

—No hay tales señales. Tampoco se encontró el billete.

—¿Tampoco se avisó de que se encontró abierta una de las portezuelas del tren?

—Nada.

—Esta mañana hemos recibido nuevas pruebas —dijo Lestrade—. Un pasajero que pasó por Aldgate en un tren metropolitano corriente, a eso de las once y cuarenta de la noche del lunes, declara haber oído un pesado golpe, como si un cuerpo hubiese caído a la vía, justo antes de que el tren entrase en la estación. Sin embargo, la niebla era muy espesa y no pudo ver nada. No dio aviso de lo ocurrido en aquel momento. ¿Cuál es el problema, señor Holmes?

Mi amigo se había quedado inmóvil, con una crispada expresión de intensa atención en el rostro, mirando fijamente los raíles de ferrocarril en el punto donde estos formaban una curva a la salida del túnel. Aldgate es un empalme y allí se extendía una auténtica red de agujas. Holmes fijó en ellas su mirada anhelante e inquisitiva; advertí en su rostro vivaz y penetrante aquellos labios apretados, aquel temblor en las aletas de la nariz y aquella contracción de las cejas, largas y tupidas, que ya conocía muy bien.

—Agujas —murmuró—; las agujas.

—¿Qué ocurre con las agujas? ¿Qué quiere decir?

—Me imagino que un sistema ferroviario como este no necesitará de gran cantidad de agujas.

—No, hay muy pocas.

—Y, además, una curva. Agujas y una curva. ¡Por Júpiter! Si solo fuese eso...

—¿Qué es, señor Holmes? ¿Ha descubierto alguna pista?

—Una idea, una simple indicación, nada más. Desde luego, el caso resulta cada vez más interesante. Único, completamente único, y, sin embargo, ¿por qué no? No veo ningún rastro de sangre sobre las vías.

—Apenas había sangre.

—Pero, según tengo entendido, el cadáver presentaba una herida de consideración.

—Le habían roto el cráneo, pero no se advertían señales externas de la herida.

—Pero lo normal es que hubiese sangrado algo. ¿Sería posible examinar el tren que transportaba al pasajero que oyó aquel pesado golpe en medio de la niebla?

—Me temo que no, señor Holmes. El tren ya se ha desmontado y los vagones se han redistribuido.

—Le puedo asegurar, señor Holmes —dijo Lestrade—, que se han examinado cuidadosamente todos los vagones. Yo mismo supervisé la operación.

Una de las debilidades más evidentes de mi amigo era su impaciencia con los que no eran tan inteligentes como él.

—Muy probablemente —dijo, alejándose de allí— no examinó los vagones que yo deseaba inspeccionar. Watson, ya hemos terminado aquí. Señor Lestrade, no necesitamos molestarle más. Creo que nuestras investigaciones nos conducirán hasta Woolwich.

En el Puente de Londres, Holmes escribió un telegrama dirigido a su hermano y me lo dio a leer antes de enviarlo. Decía así:

> Veo una luz en la oscuridad, pero es posible que acabe por apagarse. Mientras tanto, envía un mensajero que me espere en Baker Street con una lista completa de todos los espías extranjeros, o agentes internacionales, que se encuentren actualmente en Inglaterra y sus direcciones completas.
>
> Sherlock

—Esto debería sernos útil, Watson —comentó mientras ocupábamos nuestros asientos en el tren a Woolwich—. Desde luego, estamos en deuda con mi hermano Mycroft por habernos hecho partícipes de lo que promete ser un caso verdaderamente extraordinario.

Su ávido rostro aún presentaba aquella expresión de intensa energía nerviosa, lo que me indicó que algún detalle nuevo y sugestivo había abierto una nueva y estimulante línea de investigación. Si comparamos la actitud del sabueso zorrero cuando holgazanea con las orejas gachas y el rabo caído por las perreras con la del presto animal de ojos llameantes y músculos tensos que corre tras el olor de la presa que llega a su pecho, podremos hacernos una idea del cambio que se había producido en Holmes desde aquella mañana. Era un hombre distinto de aquel otro, perezoso y renqueante, que algunas horas antes, vestido con su batín pardusco, se paseaba, inquieto, por nuestra habitación envuelta en niebla.

—Aquí tenemos material de trabajo. Aquí hay campo de acción —dijo—. Desde luego, he demostrado una torpeza infinita no reconociendo las posibilidades que ofrecía el caso.

—Pues para mí todavía son un misterio.

—El fin último continúa siendo un misterio para mí, pero he concebido una idea que quizá nos lleve lejos. Ese hombre encontró la muerte en otro sitio y su cadáver iba en el techo del ferrocarril.

—¿En el techo?

—Extraordinario, ¿verdad? Pero considere los hechos. ¿Es simple coincidencia que lo hayan encontrado en el lugar mismo en el que el tren salta y se balancea al salir de la curva para entrar en las agujas? ¿No sería precisamente ese el lugar más probable para que cayese a la vía cualquier objeto situado sobre el techo de un vagón? Las agujas no producirían ningún efecto en todo lo que viajase en el interior del tren. O el cadáver cayó del techo, o se ha producido una coincidencia de lo más curiosa. Pero ahora piense en la sangre. Desde luego, no habría sangre en la vía si el cadáver ya se hubiese desangrado en otro lugar. Cada uno de estos hechos son ya sugerentes de por sí. Pero ganan fuerza acumulativa si los unimos.

—¡Eso sin contar la cuestión del billete! —exclamé.

—Exacto. No podíamos explicar la ausencia de billete. Esta teoría la explicaría. Todo encaja.

—Pero si así fuese, nos encontramos tan lejos de solucionar el misterio de su muerte como antes. Es más, sería un caso aún más extraño.

—Quizá —dijo Holmes, pensativo—; quizá.

Se sumió en un silencioso ensimismamiento que duró hasta que el lentísimo tren se detuvo, al fin, en la estación de Woolwich. Una vez allí, subió a un coche y extrajo de su bolsillo el papel que le había entregado Mycroft.

—Tenemos que hacer una buena ronda de visitas esta tarde —dijo—. Creo que, en primer lugar, deberíamos ir a ver a sir James Walter.

La casa del famoso funcionario del Gobierno era una elegante villa con verdes prados que se extendían hasta el Támesis. La niebla se levantaba cuando llegamos, y unos rayos, tenues y acuosos, de sol conseguían abrirse paso entre ella. Un mayordomo respondió cuando llamamos a la puerta.

—¡Señor, sir James murió esta mañana! —dijo con una expresión solemne.

—¡Santo Cielo! —exclamó Holmes, atónito—. ¿Cómo ocurrió?

—Señor, quizá lo mejor es que entren y hablen con su hermano, el coronel Valentine.

—Sí, será lo mejor.

Nos hicieron pasar a una salita a media luz donde enseguida se reunió con nosotros un caballero de unos cincuenta años, muy alto y apuesto, que lucía una barba rubia. Era el hermano pequeño del científico fallecido. Su aspecto delataba el repentino golpe que había sufrido la familia: los ojos enrojecidos, las mejillas descoloridas y el cabello enmarañado. Casi no podía articular palabra.

—La culpa es de este horrible escándalo —dijo—. Mi hermano, sir James, era un hombre que poseía un alto sentido del honor: no pudo sobrevivir a este asunto. Le rompió el corazón. Estaba tan orgulloso de la eficiencia de su departamento que este golpe resultó demoledor para él.

—Veníamos a verle con la esperanza de que nos diese alguna información que pudiese ayudarnos a aclarar el caso.

—Les aseguro que era un misterio para él, tanto como lo es para ustedes y para todos nosotros. Había puesto ya a disposición de la policía todo lo que sabía. Naturalmente, estaba seguro de que Cadogan West era el culpable. Pero todo lo demás le resultaba inconcebible.

—¿No dispone usted de alguna información que pueda arrojar alguna luz sobre este asunto?

—No sé nada, excepto lo que he leído u oído hablar. No quisiera parecer descortés, pero comprenderá, señor Holmes, que en este momento nos encontramos muy afectados; no me queda más remedio que rogarle que pongamos fin a esta conversación.

—La verdad es que ha sido una noticia inesperada —dijo mi amigo, una vez nos encontramos en el coche—. Me pregunto si murió de muerte natural, o si el pobre tipo se suicidó. Si se dio el último caso, ¿deberíamos interpretarlo como un reproche a su propia persona por cometer una negligencia? Dejemos esta cuestión para más adelante. Ahora vayamos a ver a la familia de Cadogan West.

La desconsolada madre vivía en una casa pequeña, pero bien cuidada, en las afueras de la ciudad. La anciana estaba demasiado trastornada por el dolor como para poder ayudarnos, pero junto a ella permanecía una joven de pálido rostro que se presentó como la señorita Violet Westbury, la *fiancée* del fallecido y la última persona que lo vio con vida aquella noche fatídica.

—No le encuentro explicación, señor Holmes —dijo—. No he pegado ojo desde que sucedió la tragedia, pensando, pensando y pensando, día y noche, en lo que pasó realmente. Arthur era el hombre más sincero, caballeroso y patriota del mundo. Se habría cortado la mano derecha antes de vender un secreto de Estado que se le hubiese confiado. Cualquiera que le conociese sabría que eso es absurdo, imposible, disparatado.

—Pero no puede negar los hechos, señorita Westbury.

—Sí, sí, confieso que no puedo ofrecer una explicación lógica.

—¿Necesitaba dinero?

—No, sus necesidades eran modestas y su salario generoso. Había conseguido ahorrar algunos cientos de libras y nos íbamos a casar por Año Nuevo.

—¿Mostró alguna señal de trastorno mental? Por favor, señorita Westbury, sea completamente sincera con nosotros.

La rápida mirada de mi compañero había detectado un cambio en la actitud de nuestra interlocutora. Se sonrojó y titubeó.

—Sí —dijo al fin—. Me parecía que algo le preocupaba.

—¿Desde hace mucho tiempo?

—No, solo la última semana, más o menos. Se mostraba pensativo y preocupado. En una ocasión le insté a que me confesase lo que le ocurría. Reconoció que algo le preocupaba y que tenía relación con su trabajo. «Ni siquiera puedo hablar contigo de ello, es un asunto demasiado grave», me contestó, y no pude averiguar nada más.

Holmes adquirió una expresión seria.

—Prosiga, señorita Westbury. Dígamelo todo, aunque parezca que le perjudica a él. Podríamos llegar a algo que aún desconocemos.

—La verdad es que no tengo nada más que decir. En una o dos ocasiones me pareció que estaba a punto de contarme algo. Una noche me habló de la importancia de aquel secreto y creo recordar que me dijo que estaba seguro de que los espías extranjeros pagarían una gran suma de dinero para obtenerlo.

El rostro de mi amigo se puso aún más serio.

—¿Dijo algo más?

—Dijo que nos comportábamos con negligencia en esta clase de asuntos, que para un traidor sería coser y cantar hacerse con los planos.

—¿Le hizo esos comentarios recientemente?

—Sí, muy recientemente.

—Ahora, cuéntenos lo que ocurrió la última noche que le vio.

—Íbamos al teatro. La niebla era tan espesa que hubiera sido inútil tomar un coche. Fuimos caminando y pasamos cerca de las oficinas. De repente, se lanzó a correr como un poseso y se perdió en la niebla.

—¿Así, sin darle una explicación?

—Dejó escapar una exclamación, eso fue todo. Esperé, pero no regresó. Entonces volví caminando a mi casa. A la mañana siguiente, después de que se hubieran abierto las oficinas, vinieron a preguntar por él. A eso de las doce de la mañana nos enteramos de la terrible noticia. ¡Oh, señor Holmes, si pudiera salvar su honor, por lo menos su honor! Para él lo era todo.

Holmes meneó la cabeza con tristeza.

—Venga, Watson —dijo—. El deber nos espera en otra parte. Nuestra siguiente parada debe ser la oficina de donde fueron sustraídos los planos.

—El asunto ya tenía mal aspecto para el joven, pero, después de esto, se presenta aún peor. La inminencia de su boda nos proporciona un móvil para el crimen. Como es natural, necesitaba dinero. Ya se le había ocurrido la idea, puesto que había hablado del asunto. Al comentarle sus planes, estuvo a punto de convertir a la muchacha en cómplice de su traición. Todo esto tiene muy mala pinta.

—Pero, Holmes, su carácter honrado debería tenerse en cuenta. Además, ¿por qué iba a salir corriendo a cometer el robo, dejando a la muchacha sola en mitad de la calle?

—¡Exacto! Es indudable que se pueden alegar ciertas objeciones. Pero se estrellarían contra una argumentación bien construida.

El señor Sidney Johnson, oficial de primera, salió a nuestro encuentro cuando llegamos a las oficinas y nos acogió con el respeto que siempre imponía la tarjeta de mi compañero. Se trataba de un hombre de mediana edad, delgado, huraño, con gafas; estaba demacrado y las manos le temblaban a causa de la tensión nerviosa a la que se había visto sometido.

—¡Qué calamidad, señor Holmes, qué gran calamidad! ¿Se ha enterado de la muerte del jefe?

—Acabamos de visitar su casa.

—Las oficinas son presa del desorden. El jefe ha muerto, Cadogan West también, y los documentos, robados. Y, sin embargo, cuando cerramos las puertas el lunes por la tarde, éramos un departamento tan eficiente como el que más. ¡Santo Cielo, da miedo pensar en ello! ¡Y pensar que ha sido

West, el más improbable de los culpables, el que ha cometido semejante felonía!

—Así que usted está convencido de su culpabilidad.

—Es la única posibilidad que se me ocurre. Sin embargo, confiaba en él como confío en mí mismo.

—¿A qué hora cerraron las oficinas el lunes?

—A las cinco.

—¿Fue usted quien cerró?

—Soy siempre el último en salir.

—¿Dónde se guardaban los planos?

—En aquella caja fuerte, yo mismo los guardé ahí.

—¿No hay ningún vigilante en el edificio?

—Sí, pero también tiene que vigilar otros departamentos aparte de este. Es un veterano del ejército, de la mayor confianza. No observó nada anormal aquella noche. Hay que tener en cuenta que la niebla era muy espesa.

—Suponga que Cadogan West quisiera entrar en el edificio fuera de horas de oficina; hubiera necesitado tres llaves para llegar a los planos, ¿no es cierto?

—Así es. La llave de la puerta exterior, la de las oficinas y la de la caja fuerte.

—Además de usted y de sir James Walter, nadie más disponía de esas llaves.

—Yo no tengo las llaves de las puertas, solo de la caja.

—¿Era sir James un hombre de costumbres ordenadas?

—Sí, creo que sí. Por lo que concierne a esas tres llaves, las guardaba en el mismo llavero. Las he visto muchas veces.

—¿Y se llevaba el llavero consigo cuando iba a Londres?

—Eso decía.

—¿Y usted nunca se separaba de su llave?

—Nunca.

—De modo que, si West era el culpable, debía estar en posesión de un duplicado. Y, sin embargo, no se le encontró ninguno al cadáver. Otro detalle: si un empleado de esta oficina hubiese querido vender los planos, ¿no le hubiese resultado más sencillo hacer una copia, en vez de apoderarse de los originales, como finalmente ha sucedido?

—Se necesitarían grandes conocimientos técnicos para copiar los planos de modo efectivo.

—Pero supongo que tanto sir James como usted, o West, poseían dichos conocimientos.

—Sin duda. Pero le ruego, señor Holmes, que no trate de involucrarme en el asunto. ¿Qué gana usted con esta clase de especulaciones, si finalmente los planos aparecieron en poder de West?

—Bueno, resulta realmente curioso que corriera el riesgo de apoderarse de los originales si podía haber efectuado tranquilamente unas copias que, para el caso, le habrían servido igual.

—Es raro, desde luego, pero lo hizo.

—Todas las averiguaciones que hacemos sobre este asunto conducen a un detalle inexplicable. Ahora veamos... Faltan todavía tres de los planos. Según tengo entendido, son vitales para el proyecto.

—En efecto, así es.

—¿Quiere decir que cualquiera que se encuentre en posesión de estos tres documentos podría construir el submarino Bruce-Partington sin disponer de los siete restantes?

—He informado en ese sentido al Almirantazgo. Pero hoy he vuelto a repasar los planos y no estoy seguro de ello. En uno de los documentos recuperados aparecen las válvulas dobles con las guías ajustables automáticas. Las potencias extranjeras no podrían construir el submarino hasta que no inventasen por sí mismos este dispositivo. Naturalmente, podrían vencer semejante dificultad en un breve espacio de tiempo.

—Pero los tres planos que faltan son los más importantes.

—Sin duda alguna.

—Creo que daré un paseo por las oficinas, si usted no tiene inconveniente. Me parece que no tengo ninguna pregunta más que hacerle.

Holmes examinó la cerradura de la caja fuerte, la puerta de la habitación y los postigos de hierro de la ventana. Solo cuando salimos fuera, al prado que había junto a la oficina, se despertó vivamente su interés. Había un arbusto de laurel junto a la ventana y varias ramitas presentaban señales de haber sido retorcidas o rotas. Las examinó cuidadosamente con su lente de aumento, dirigiendo luego su atención a algunas huellas borrosas y apenas distinguibles que aparecían en el suelo. Finalmente, le pidió al primer oficial que cerrase los postigos de hierro y me hizo notar que no encajaban bien en el centro, por lo que cualquiera podía ver desde fuera lo que ocurría en la habitación.

—Todas estas pistas se han echado a perder por el retraso de tres días que arrastramos. Quizá lo signifiquen todo o no signifiquen nada. Bueno, Watson, creo que Woolwich ha dado de sí todo lo que podía dar. Escasa cosecha la que hemos obtenido aquí. Veamos si en Londres se nos dan mejor las cosas.

Sin embargo, antes de abandonar la estación de Woolwich agregamos una nueva gavilla a nuestra cosecha. El empleado de la taquilla nos confesó que estaba completamente seguro de haber visto a Cadogan West —a quien conocía muy bien, por haberlo visto muchas veces— la noche del lunes, y que había tomado el tren de las ocho y quince, que se dirigía a London Bridge. Iba solo y compró un billete de tercera clase. Al taquillero le llamaron la atención su nerviosismo y agitación. Le temblaban las manos de tal forma que apenas podía recoger la vuelta, y fue el propio empleado quien tuvo que ponerle las monedas en la mano.

Al consultar el horario, comprobamos que el tren de las ocho y quince era el primero que podía tomar West después de abandonar a su novia a eso de las siete y media.

—Reconstruyamos los hechos, Watson —dijo Holmes, después de permanecer media hora en silencio—. No creo que en ninguna de las investigaciones que hemos compartido hayamos tropezado jamás con un caso más difícil de abordar que este. Cada paso que damos solo sirve para que descubramos otro obstáculo en el camino. Sin embargo, hemos realizado algunos progresos apreciables.

En términos generales, nuestras pesquisas en Woolwich solo han arrojado más indicios en contra de West; pero las huellas en la ventana quizá se presten a una hipótesis más favorable al joven. Por ejemplo, supongamos que un agente extranjero se hubiese puesto en contacto con él. Quizá, este acercamiento se realizó bajo determinadas condiciones que le impedían informar de lo ocurrido, pero, según nos ha contado su *fiancée,* habrían logrado influir en su estado de ánimo. Bien. Supongamos ahora que, cuando se dirigía al teatro con su prometida, vio a este mismo agente yendo en dirección a las oficinas. Era un hombre impetuoso, rápido al tomar decisiones. Ponía su deber por encima de todo. Siguió al hombre, llegó hasta la ventana, presenció la sustracción de los documentos y salió en persecución del ladrón. De este modo, refutamos la objeción según la cual nadie robaría los originales si tuviese la posibilidad de obtener copias. Siendo una persona ajena a las oficinas, no tenía más remedio que robar los originales. Hasta ahí, nuestra teoría parece sólida.

—¿Y qué ocurrió después?

—Ahí es donde comienzan los problemas. Cualquiera supondría que, dadas las circunstancias, lo primero que haría el joven Cadogan West sería atrapar al canalla y dar la alarma. ¿Por qué no lo hizo? ¿Cabría la posibilidad de que fuese un superior quien se hubiese apoderado de los documentos? Eso explicaría la conducta de West. O quizá el ladrón le dio esquinazo a West aprovechando la niebla, así que este se dirigió inmediatamente a Londres, a fin de llegar antes que él a su domicilio, suponiendo que conociese el lugar de residencia del ladrón. La situación debía ser muy apremiante para dejar a su novia abandonada en medio de la niebla, sin molestarse en ponerse en contacto con ella en ningún momento. El rastro se enfría en este punto; se abre un hueco enorme entre nuestra hipótesis y la aparición del cadáver de West en el techo del vagón metropolitano con siete documentos en el bolsillo. Mis instintos me dicen que debemos empezar a trabajar desde el otro extremo. Si Mycroft nos ha enviado las direcciones que le pedí, quizá podamos encontrar a nuestro hombre entre ellas y así seguir dos pistas en vez de una.

Como era de esperar, nos aguardaba una carta en Baker Street. Un mensajero oficial la había traído por correo urgente. Holmes le echó un vistazo y luego me la pasó. Decía así:

> Abundan los agentes de poca monta, pero, de entre ellos, pocos serían capaces de acometer un asunto de tal envergadura. Los únicos dignos de ser tomados en consideración son Adolph Meyer, que habita en el número 13 de Great George Street, Westminster; Louis La Rothière, residente de Campden Mansions, Notting Hill; y Hugo Oberstein, cuyo domicilio se encuentra en el número 13 de Caulfield Gardens, en Kensington. Se sabe que este último se encontraba en la ciudad el pasado lunes, aunque se ha ausentado con posterioridad a esa fecha. Me alegra saber que aún albergas alguna esperanza. El gabinete espera tu informe definitivo con la mayor ansiedad. Hemos recibido requerimientos urgentes desde las más altas esferas. Toda la fuerza del Estado te respalda, en caso de que la necesites.
>
> Mycroft

—Me temo —dijo Holmes sonriendo— que en un asunto como este todos los caballos y hombres de la reina no servirían de nada. —Había desplegado su gran plano de Londres, y se inclinaba sobre él, examinándolo con avidez—. Vaya, vaya —dijo finalmente, con una exclamación de satisfacción—, por fin las cosas van encajando un poco con nuestra teoría. ¡Por mi vida, Watson, que aún confío en que lograremos salirnos con la nuestra! —Me dio unas palmadas en el hombro tras estallar repentinamente en carcajadas—. Voy a salir. Se trata únicamente de una sencilla misión de reconocimiento. No me embarcaría en nada serio sin tener a mi lado a mi leal camarada y biógrafo. Quédese aquí, con toda probabilidad regresaré en una o dos horas. Si se aburre, tome papel y pluma y comience a escribir su relato de cómo salvamos al país.

Aquel optimismo se reflejó, hasta cierto punto, en mi ánimo, porque sabía perfectamente que, a no ser que tuviera una buena razón para tanto júbilo, Holmes no hubiera abandonado sus austeros modales. Esperé, impaciente, su regreso durante toda aquella tarde de noviembre. Al fin, poco después de las nueve de la noche, llegó un mensajero con una nota que decía lo siguiente:

> Estoy cenando en el restaurante Goldini, en Gloucester Road, Kensington. Por favor, venga enseguida a reunirse conmigo. Tráigase una palanqueta, una linterna sorda, un escoplo y un revólver.
>
> S. H.

Era un bonito equipo para que un ciudadano respetable cargase con él por las oscuras y neblinosas calles de Londres. Envolví el material adecuadamente en mi abrigo y tomé un coche que me llevó derecho a la dirección que Holmes me había dado. Allí se encontraba mi amigo, sentado en una mesita redonda, cerca de la puerta del estruendoso restaurante italiano.

—¿Ha cenado ya? Entonces acompáñeme con el café y el curasao. Pruebe uno de los cigarros de la casa. No son tan venenosos como parecen. ¿Ha traído las herramientas?

—Las tengo aquí, en mi gabán.

—Excelente. Permítame que le resuma lo que he hecho esta tarde, con algunas indicaciones sobre la misión que vamos a emprender. A estas alturas, debe resultarle evidente que, en efecto, el cadáver de ese joven fue colocado sobre el techo del tren. Eso estuvo claro desde el mismo momento en que llegué a la conclusión de que había caído desde el techo y no desde el interior del vagón.

—¿No podrían haberlo tirado desde algún puente?

—Yo diría que eso es imposible. Si se fija usted en los techos de los vagones, comprobará que son ligeramente curvos, sin una barandilla que los rodee. Por lo tanto, podemos asegurar por completo que el cadáver del joven Cadogan West fue colocado allí.

—Pero ¿cómo le subieron hasta el techo?

—Esa es la cuestión que debemos resolver. Y solo pudieron hacerlo de una manera. Usted ya sabe que, en algunos puntos del West End, el subterráneo corre a cielo abierto. Recuerdo vagamente haber visto ventanas por encima de mi cabeza en alguno de mis viajes por el metropolitano. Supongamos que el tren se detuvo bajo alguna de esas ventanas. ¿Sería demasiado difícil colocar un cadáver encima del techo?

—Resulta muy improbable.

—Tenemos que echar mano otra vez del viejo axioma que dice que, cuando fallan todas las otras posibilidades, la que queda, por muy improbable que parezca, debe ser la verdadera. Pues bien, aquí han fallado todas las demás posibilidades. Cuando descubrí que el más importante de los agentes internacionales, el que acababa de ausentarse de Londres, vivía en una hilera de casas cuya fachada posterior da a la línea del metropolitano, me alegré tanto que le asombré a usted con mi súbita frivolidad.

—¿De modo que fue por eso?

—Sí, por eso fue. El señor Hugo Oberstein, del número 13 de Caulfield Gardens, se convirtió en mi objetivo. Comencé mis operaciones en la estación de Gloucester Road, donde un empleado muy servicial se prestó a pasear conmigo por la vía, permitiéndome comprobar no solo que las ventanas de la fachada posterior de Caulfield Gardens dan a las vías, sino un hecho todavía más importante: debido a la existencia de una intersección próxima con uno de los ferrocarriles de largo recorrido, los trenes del metropolitano se ven obligados a detenerse durante algunos minutos en aquel preciso lugar.

—¡Magnífico, Holmes! ¡Ya lo tiene!

—No tanto, Watson, no tanto. Avanzamos, pero la meta aún está lejos. Bueno, después de visitar la fachada posterior de Caulfield Gardens, exploré la delantera y me convencí de que, efectivamente, el pájaro había huido. La casa es amplia y, según me pareció, las habitaciones del piso superior están sin amueblar. Oberstein vivía allí con la única compañía de un ayuda de cámara, que probablemente sea un cómplice que goza de su más absoluta confianza. Debemos tener presente que Oberstein se ha marchado al continente para dar salida a su botín, pero que no lo ha hecho como un fugitivo. Por lo tanto, no tiene ningún motivo para temer una orden de detención, y, con toda seguridad, no se le va a ocurrir que un detective aficionado le haga una visita a domicilio. Y eso es precisamente lo que estamos a punto de hacer.

—¿No podríamos obtener una orden judicial y hacerlo legalmente?

—Sería difícil obtenerla con las pruebas de las que disponemos.

—¿Y qué espera obtener de esta visita?

—No sabemos la clase de correspondencia que podemos encontrar allí.

—No me gusta, Holmes.

—Mi querido amigo, usted se quedará de guardia en la calle. Yo me encargaré de la parte criminal. No es momento de echarse atrás por menudencias. Piense en la carta de Mycroft, en el Almirantazgo, el gabinete, en la alta personalidad que espera noticias ansiosamente. Es preciso que vayamos.

Respondí, poniéndome de pie:

—Tiene razón, Holmes, tenemos que ir.

Holmes se puso en pie de un salto y me estrechó la mano.

—Estaba seguro de que no se echaría usted atrás en el último momento —dijo, y por un momento vi algo en sus ojos que se parecía mucho a un sentimiento de ternura que nunca había visto antes. Un momento después volvió a convertirse en el hombre dominante y práctico que había sido siempre.

—Hay casi media milla de distancia hasta allí, pero no tenemos prisa. Vayamos dando un paseo —dijo—. No deje caer las herramientas, se lo ruego. Sería una complicación lamentable que levantase usted sospechas y acabasen por detenerle.

Caulfield Gardens era una de esas hileras de casas de fachadas chatas, con columnas y pórtico, que tan bien representan la época clásica victoriana del West End de Londres. Parecía que se celebraba una fiesta infantil en la casa de al lado, porque el alegre runrún de voces infantiles y el sonido de un piano llenaban la noche. La niebla seguía envolviéndolo todo y nos cubrió con su amistosa sombra. Holmes había encendido la linterna y proyectó su luz sobre la enorme puerta.

—Este es un obstáculo importante —dijo—. Además de estar cerrada con llave, le han echado el cerrojo. Sería mejor que probásemos por el patio de luces. En caso de que un agente de policía demasiado celoso de sus obligaciones se entrometiese, podríamos ocultarnos en una magnífica puerta con arco que hay allí abajo. Écheme una mano, Watson, y después yo le ayudaré a usted.

Un momento después nos encontrábamos los dos en el patio de luces del sótano. Apenas nos habíamos ocultado en las sombras, cuando oímos los pasos de un agente de policía resonando en la niebla. Cuando su lenta cadencia desapareció a lo lejos, Holmes se puso a trabajar en la puerta de servicio. Vi cómo se inclinaba y aplicaba toda su fuerza hasta que se abrió de par en par con un chasquido seco. Nos lanzamos inmediatamente al oscuro pasillo, cerrando la puerta a nuestras espaldas. Holmes abrió el camino, subiendo por la escalera curva y sin alfombra. Su pequeño abanico de luz amarillenta iluminó una ventana baja.

—Hemos llegado, Watson, esta debe ser.

Abrió la ventana de par en par y, al hacerlo, un murmullo apagado y áspero fue creciendo con firmeza hasta convertirse en el rugido estruendoso de un tren que pasó por delante de nosotros a toda velocidad y que acabó perdiéndose en la oscuridad. Holmes barrió con la luz de la linterna el antepecho de la ventana. Tenía una espesa capa del hollín de las locomotoras que pasaban, pero la negra superficie aparecía raspada y borrosa en algunas zonas.

—Vea usted dónde apoyaron el cadáver. ¡Mire, Watson! ¿Qué es eso? Sin duda, se trata de una mancha de sangre. —Holmes señalaba unas manchas descoloridas a lo largo del marco de la ventana—. Y aquí también, en la piedra de la escalera. Queda completamente probado. Esperemos aquí hasta que se detenga un tren.

No tuvimos que esperar mucho. El siguiente tren rugió al salir del túnel como el anterior, pero aminoró la marcha al surgir a cielo abierto y, entonces, se detuvo justo debajo de nosotros, haciendo chirriar los frenos. No había ni cuatro pies de distancia entre el antepecho de la ventana y los vagones. Holmes cerró la ventana suavemente y dijo:

—Hasta ahora nuestras sospechas se han visto confirmadas. ¿Qué opina de todo esto, Watson?

—Se trata de una obra maestra. Jamás había alcanzado usted semejante altura.

—En eso no puedo estar de acuerdo con usted. Desde el mismo momento en que concebí la idea de que el cadáver se encontraba en el techo del vagón, idea que no es en absoluto descabellada, el resto cayó por su propio peso. Si no fuese por los importantísimos intereses que están en juego, el caso, hasta ahora, sería insignificante. Aún nos queda por delante lo más difícil. Pero quizá por el camino encontremos algo que nos sirva de ayuda.

Subimos por la escalera de la cocina y entramos en las habitaciones del primer piso. Una de ellas, destinada a servir de comedor y amueblada con sobriedad, no contenía nada de interés. La segunda era un dormitorio, que tampoco albergaba pista alguna. La habitación restante parecía más prometedora, y mi compañero se dispuso a realizar un examen sistemático de esta. Estaba abarrotada de libros y documentos, y, evidentemente, se empleaba como despacho.

Holmes revolvió todos los cajones y armarios, uno tras otro, pero su severa expresión no llegaba a iluminarse con el menor destello que revelase que su búsqueda había tenido éxito. Al cabo de una hora nos encontrábamos igual que cuando empezamos.

—Este perro astuto ha hecho desaparecer su rastro —dijo—. No ha dejado nada que le incrimine. Ha destruido o se ha llevado su correspondencia más incriminatoria. Esta es nuestra última oportunidad.

Lo decía por una pequeña caja de latón que había encima de un escritorio. Holmes la abrió con su escoplo. En el interior había varios rollos de papel, cubiertos de cifras y cálculos, sin nota alguna que indicase a qué se referían. Las frases recurrentes «presión de agua» y «presión por pulgada cuadrada» sugerían una posible relación con el submarino. Holmes los echó a un lado con impaciencia. Solo quedó un sobre que contenía unos pequeños recortes de periódico. Los desparramó sobre la mesa y enseguida me di cuenta, por la ávida expresión de su rostro, de que se habían reavivado sus esperanzas.

—¿Qué es esto, Watson? ¿Eh? ¿Qué es esto? Aquí han guardado una serie de mensajes publicados en la sección de anuncios del periódico. A juzgar por el papel y la tipografía, diría que fueron publicados en el *Daily Telegraph*.

Son del ángulo superior derecho de la página. No hay fechas, pero los mensajes se ordenan por sí mismos. Este debe ser el primero:

> Esperaba noticias más pronto. Convenidas las condiciones. Responda con todos los detalles a la dirección indicada en la tarjeta.
>
> Pierrot

»El siguiente dice:

> Demasiado complicado para descripción. Tiene que entregarme un informe completo. Lo suyo le espera cuando entregue la mercancía.
>
> Pierrot

»Luego viene este:

> El tiempo apremia. Debo retirar la oferta de no cumplirse contrato. Concierte cita por carta. La confirmaré por anuncio.
>
> Pierrot

»Y, por último:

> Lunes, pasadas las nueve de la noche. Dos golpecitos. Solo nosotros. No sea tan suspicaz. Cuando entregue la mercancía recibirá el pago al contado.
>
> Pierrot

»¡Una recopilación completa, Watson! ¡Si pudiésemos saber a quién iban dirigidas!

Holmes se quedó sentado, sumido en sus pensamientos, haciendo tamborilear los dedos sobre la mesa. Finalmente, se levantó de un salto.

—Bien, quizá no sea tan difícil, después de todo. Aquí no nos queda nada por hacer, Watson. Creo que deberíamos acercarnos a las oficinas del *Daily Telegraph* y así rematar un provechoso día de trabajo.

Mycroft Holmes y Lestrade acudieron a la convocatoria de Holmes, que los había citado al día siguiente después del desayuno. Sherlock les relató nuestros movimientos del día anterior. Al oír la confesión de nuestro allanamiento de morada, el oficial de policía meneó la cabeza.

—La policía no puede hacer esas cosas, señor Holmes —dijo—. No es de extrañar que obtenga resultados superiores a los nuestros. Pero uno de estos días irá demasiado lejos y usted y su amigo se encontrarán en dificultades.

—¡Por Inglaterra, nuestros hogares y una mujer hermosa! ¿Eh, Watson? Mártires sacrificados por nuestro país. ¿A ti qué te parece, Mycroft?

—¡Magnífico, Sherlock! ¡Admirable! Pero ¿qué provecho vas a sacar de tus descubrimientos?

Holmes abrió el *Daily Telegraph* que estaba encima de la mesa.

—¿Han visto ustedes el anuncio que ha publicado Pierrot hoy?

—¿Cómo? ¿Otro más?

—Sí, aquí está:

> Esta noche. Mismo lugar y a la misma hora. Dos golpes. De la mayor importancia. Va en ello su propia seguridad.
>
> Pierrot

—¡Por san Jorge! —exclamó Lestrade—. ¡Si contesta al anuncio, ya es nuestro!

—Eso mismo pensé yo cuando lo publiqué. Creo que si considerasen conveniente acompañarnos esta noche a Caulfield Gardens a las ocho de la noche, es posible que nos acerquemos un poco a la solución.

Una de los rasgos más extraordinarios de Sherlock Holmes era su capacidad para vaciar su cerebro de toda actividad, desviando sus pensamientos hacia tareas más livianas, si llegaba al convencimiento de que ya no podía hacer más. Recuerdo que durante todo aquel memorable día se enfrascó en una monografía, que ya había iniciado, sobre los motetes polifónicos de Lasso. Por mi parte, carecía por completo de esa capacidad para distraerme y, por consiguiente, el día me pareció interminable. La extraordinaria importancia para la seguridad nacional del asunto, la expectativa en las altas esferas, la naturaleza empírica del experimento que íbamos a llevar a cabo...:

todo ello contribuyó a excitar mis nervios. Me sentí aliviado cuando, después de una cena ligera, nos pusimos en marcha e iniciamos nuestra expedición. Lestrade y Mycroft se reunieron con nosotros delante de la estación de Gloucester Road, donde nos habíamos citado. La noche anterior habíamos dejado abierta la puerta del patio de luces de la casa de Oberstein y, como Mycroft, completamente indignado, se negó en redondo a trepar por la barandilla, Holmes y yo nos vimos obligados a entrar en la casa y abrir la puerta principal. A eso de las nueve de la noche nos encontrábamos todos sentados en el despacho, esperando pacientemente a nuestro hombre.

Pasó una hora, y luego otra. Cuando dieron las once, parecía que las acompasadas campanadas del gran reloj de la iglesia doblaban por nuestras esperanzas. Lestrade y Mycroft se removían, inquietos, en sus asientos y consultaban sus relojes dos veces por minuto. Holmes permanecía sentado, callado y sereno, los párpados caídos, pero con todos sus sentidos alerta. Levantó la cabeza de un súbito respingo.

—Aquí viene —dijo.

Se oyeron los pasos furtivos de alguien que pasaba por delante de la puerta. Poco después se pudieron apreciar en sentido contrario. Luego, llegó hasta nosotros el sonido de arrastrar de pies y dos secos aldabonazos. Holmes se levantó, indicándonos por señas que permaneciésemos sentados. La lámpara de gas en el vestíbulo era un simple punto de luz. Abrió la puerta de la calle y, una vez se hubo deslizado dentro una oscura figura, la cerró con llave, echando el pestillo. «¡Por aquí!», le oímos decir, y un momento después teníamos a nuestro hombre ante nosotros. Holmes le había seguido de cerca, y cuando el hombre se dio la vuelta, emitiendo un grito de sorpresa y alarma, lo atrapó por el cuello, arrojándolo de un empujón de nuevo a la habitación. Antes de que nuestro prisionero recuperara el equilibrio, Holmes cerró la puerta, apoyándose de espaldas contra ella. El hombre miró a su alrededor, se tambaleó y cayó, inconsciente, al suelo. Con el golpe se le cayó su sombrero de ala ancha, la bufanda se deslizó de su boca, dejando al descubierto la larga y sedosa barba y las suaves, hermosas y delicadas facciones del coronel Valentine Walter.

Holmes lanzó un silbido de sorpresa.

—Le doy mi permiso para que me califique de burro cuando escriba su relato de este caso, Watson —dijo—. Este no es el pájaro que esperaba.

—Pero ¿quién es? —preguntó Mycroft ávidamente.

—El hermano menor del recientemente fallecido sir James Walter, el jefe del Departamento de Submarinos. Sí, sí; ya veo hacia dónde apuntan las cartas. Ya vuelve en sí. Creo que será mejor que me dejen interrogarle.

Habíamos movido el cuerpo del coronel hasta el sofá. Nuestro prisionero acabó por incorporarse, miró a su alrededor con una expresión de espanto y se pasó la mano por la frente, como quien no puede creer lo que está viendo.

—¿Qué es esto? —preguntó—. Vine a ver al señor Oberstein.

—Lo sabemos todo, coronel Walter —dijo Holmes—. Que un caballero inglés se comporte de esta manera es algo que escapa a mi entendimiento. Pero estamos enterados de su correspondencia y sus relaciones con Oberstein. Y también sabemos las circunstancias en las que el joven Cadogan West encontró la muerte. Le aconsejo que al menos recupere algo de su honor perdido arrepintiéndose y confesando, puesto que hay ciertos detalles que solo conoce usted.

El hombre gimió, enterrando su rostro entre las manos.

Esperamos, pero permaneció en silencio.

—Puedo asegurarle —dijo Holmes— que ya conocemos los detalles principales del caso. Sabemos que le urgía el dinero, que hizo usted una copia de las llaves que guardaba su hermano y que mantuvo correspondencia con Oberstein, quien respondía a sus cartas en los anuncios por palabras del *Daily Telegraph*. Sabemos que fue a la oficina el lunes por la noche, protegido por la niebla, pero que el joven Cadogan West le vio y le siguió, ya que albergaba razones para sospechar de usted. Fue testigo de su robo, pero no podía dar la alarma, puesto que cabía la posibilidad de que usted le llevase los documentos a su hermano en Londres. Como buen ciudadano que era, dejó a un lado sus asuntos privados y se lanzó a seguirle a través de la niebla, pisándole los talones hasta que usted llegó hasta esta mismísima casa. En ese momento, el joven intervino y usted, coronel Walters, sumó al delito de traición el más terrible aún de asesinato.

—¡No fui yo! ¡No fui yo! ¡Juro ante Dios que no fui yo! —gritó nuestro desdichado prisionero.

—Díganos, entonces, cómo encontró Cadogan West la muerte antes de que usted lo colocase en el techo de un vagón de ferrocarril.

—Se lo diré, le juro que se lo diré. Yo hice lo demás, lo confieso. Fue tal como usted ha dicho. Tenía que pagar una deuda en la Bolsa. Necesitaba el dinero desesperadamente. Oberstein me ofreció 5.000 libras. Las necesitaba para evitar la ruina. Pero, en cuanto al asesinato, soy tan inocente como usted.

—Entonces, ¿qué ocurrió?

—Él ya sospechaba de mí, así que me siguió, como usted ha dicho. No me di cuenta hasta que estuvimos frente a esta misma puerta. La niebla era muy espesa y no se distinguía nada a tres yardas de distancia. Di los dos aldabonazos y Oberstein acudió a abrir. El joven se abalanzó sobre nosotros y exigió saber qué queríamos hacer con los documentos. Oberstein siempre llevaba encima su pequeña cachiporra. Cuando West intentó entrar en la casa por la fuerza, Oberstein le golpeó en la cabeza. El golpe fue fatal. Murió en cinco minutos. Quedó tendido en el vestíbulo, y nosotros nos quedamos sin saber qué hacer. Entonces Oberstein se acordó de los trenes que paraban bajo su ventana. Pero primero examinó los documentos que yo le había traído. Dijo que tres de ellos eran fundamentales y que se los iba a guardar. «No puedes quedártelos», le dije yo. «Se armará un jaleo tremendo si no los devuelvo a Woolwich.» «Tengo que quedármelos», dijo, «son demasiado técnicos, no tenemos tiempo material para copiarlos». «Entonces debo devolverlos todos esta misma noche.» Lo pensó por un momento y de pronto exclamó que había encontrado la solución. «Me guardaré tres», dijo, «el resto los meteremos en el bolsillo de este joven. Cuando se descubra su cadáver, le culparán a él de todo el asunto». A mí no se me ocurrió una solución mejor, de modo que así lo hicimos. Esperamos media hora ante la ventana a que parase un tren. La niebla era tan espesa que no podía verse nada, y no tuvimos ninguna dificultad en descolgar el cuerpo de West hasta el techo del vagón. En lo que a mí respecta, el asunto terminó ahí.

—¿Y su hermano?

—No dijo nada, pero ya me había sorprendido en una ocasión llevándome las llaves, así que creo que sospechaba. Podía leerlo en sus ojos. Y, como ya saben, no volvió a levantar cabeza.

Se produjo un silencio en la habitación, hasta que Mycroft Holmes lo rompió.

—¿No puede usted reparar el daño que ha hecho? Probablemente alivie su conciencia y quizá su castigo.

—¿Cómo puedo hacerlo?

—¿Dónde se encuentra Oberstein con los planos?

—No lo sé.

—¿No le dejó ninguna dirección?

—Dijo que si le escribía al Hôtel du Louvre, en París, las cartas finalmente llegarían a sus manos.

—Entonces aún puede reparar el daño causado —dijo Sherlock Holmes.

—Haré todo cuanto esté en mi mano. No le deseo ningún bien a este tipo, que ha provocado mi ruina y mi caída.

—Aquí tiene papel y pluma. Siéntese en esta mesa, yo le dictaré lo que tiene que escribir. Ponga en el sobre las señas que él le dio. Eso es. Ahora la carta:

Querido señor:

Respecto a nuestra transacción, sin duda habrá observado ya que falta un detalle esencial. Dispongo de un esquema que completará el plano. Sin embargo, conseguirlo me ha ocasionado algunas molestias adicionales, por lo que me veo obligado a solicitarle un avance de quinientas libras. No quiero confiarlo al correo y no aceptaré otra cosa que no sea oro o billetes de banco. Habría ido a visitarle al extranjero, pero se suscitarían inoportunos comentarios si me ausentase del país en este momento. Por tanto, espero encontrarme con usted en la sala de fumar del Charing Cross Hotel a mediodía del próximo sábado. Recuerde que únicamente aceptaré oro o billetes del Banco de Inglaterra.

»Esta nota servirá perfectamente. Me sorprendería mucho si no lográsemos atrapar a nuestro hombre gracias a ella.

¡Y lo logramos! El asunto ya es historia, la historia secreta de una nación, que, con frecuencia, suele ser mucho más íntima e interesante que sus asuntos públicos. Oberstein, deseoso de culminar el golpe de su vida, picó el anzuelo, y se le condenó a una pena de quince años en una prisión británica. En su maleta se encontraron los planos del Bruce-Partington, de incalculable valor, que él había puesto a subasta en todos los centros navales de Europa.

El coronel Walter murió en prisión poco antes de cumplir su segundo año de condena. En cuanto a un renovado Holmes, volvió a enfrascarse en su monografía sobre los motetes polifónicos de Lasso, que posteriormente fue impresa y distribuida en una edición privada, y, según los expertos, es la obra definitiva sobre el tema. Algunas semanas después, me enteré de forma casual de que mi amigo había pasado un día en Windsor, de donde había regresado luciendo un exquisito alfiler de corbata de esmeralda. Cuando le pregunté si lo había comprado, respondió que era el regalo de una gentil dama, en nombre de la cual había tenido la fortuna de desempeñar con éxito un pequeño encargo en cierta ocasión. No quiso decir nada más; pero creo que podría adivinar el nombre de esta augusta dama, y tengo muy pocas dudas de que el alfiler de esmeralda le recordará para siempre a mi amigo la aventura de los planos del Bruce-Partington.

La aventura del detective moribundo

La señora Hudson, la casera de Sherlock Holmes, era una mujer de paciencia extraordinaria. No solo veía su apartamento del primer piso invadido a todas horas por grupos de personajes extraños y a menudo indeseables, sino que su notable huésped mostraba tal excentricidad e irregularidad en su vida que, sin duda, debía poner a prueba sus nervios. Su increíble desorden, su afición a la música a horas intempestivas, sus esporádicas prácticas de tiro con revólver en la habitación, sus absurdos, y a menudo malolientes, experimentos científicos y la violenta y peligrosa atmósfera que le envolvían le convertían en el peor inquilino de Londres. Pero, por otro lado, pagaba espléndidamente. No me cabe duda de que podría haber comprado la casa por la cantidad que pagó por sus habitaciones durante los años que vivimos juntos.

La casera se sentía profundamente intimidada por él y nunca se atrevió a llamarle la atención, por muy escandalosas que fuesen sus costumbres. Además, le tenía cariño, pues era un hombre de notable amabilidad y cortesía en su trato con el género femenino. Las mujeres le disgustaban y desconfiaba de ellas, pero siempre se comportaba como un adversario caballeroso. Sabiendo que su preocupación por él era genuina, escuché atentamente el relato que ella me hizo cuando vino a visitarme durante el segundo año de mi matrimonio y me contó la triste condición a la que se había visto reducido mi pobre amigo.

—Se muere, señor Watson —dijo—. Lleva tres días hundiéndose y dudo que pase de hoy. No me deja llamar a un médico. Cuando esta mañana vi cómo le sobresalían los huesos de la cara y me miraba con sus grandes ojos brillantes, no lo pude soportar más. «Señor Holmes, con su permiso o sin él, voy ahora mismo a buscar a un médico», dije. «Entonces, que sea Watson», dijo él. No pierda ni un minuto en acudir a su lado, señor, o quizá no vuelva a verle vivo.

Me quedé horrorizado, dado que no sabía nada de su enfermedad. Huelga decir que me precipité a buscar mi abrigo y mi sombrero. Mientras regresábamos a Baker Street en coche, le pedí los detalles.

—No tengo mucho que contarle, señor. Ha estado trabajando en un caso en Rotherhithe, en un callejón junto al río, y se ha traído la enfermedad con él. Se metió en la cama el miércoles por la tarde y desde entonces no se ha movido de allí. Durante estos tres días no ha probado bocado ni ha bebido nada.

—¡Santo Dios! ¿Por qué no llamó a un médico?

—Él no lo hubiese permitido, señor. Ya sabe lo autoritario que puede llegar a ser. No me atreví a desobedecerle. Pero ya no le queda mucho en este mundo, como comprobará usted mismo en cuanto le ponga los ojos encima.

En verdad presentaba un aspecto deplorable. A la luz marchita de un día neblinoso de noviembre, el cuarto del enfermo era un lugar sombrío; pero lo que me estremeció el corazón con un escalofrío fue el rostro macilento y consumido que me miraba fijamente desde el lecho. Sus ojos brillaban, sus mejillas ardían de fiebre hética y tenía los labios cubiertos de costras oscuras; las flacas manos se movían nerviosamente sobre la colcha y su voz se asemejaba a un graznido espasmódico. Permaneció tumbado e inerte cuando entré en la habitación, pero al verme se encendió una chispa de reconocimiento en sus ojos.

—Bueno, Watson, parece que estamos pasando unos días malos —dijo con voz débil, pero en la que todavía se reconocía parte de su habitual desidia.

—¡Mi querido amigo! —exclamé, acercándome a él.

—¡Aléjese! ¡Aléjese ahora mismo! —dijo él, con la brusca autoridad que yo solo había visto en momentos de crisis—. Si se acerca a mí, Watson, ordenaré que le echen de casa.

—Pero ¿por qué?

—Porque ese es mi deseo. ¿Le parece suficiente?

Sí, la señora Hudson tenía razón. Estaba más autoritario que nunca. Sin embargo, era lamentable contemplar su agotamiento.

—Solo quería ayudar —expuse.

—¡Exacto! La mejor manera de ayudarme es hacer lo que le digo.

—Desde luego, Holmes.

Eso suavizó su actitud.

—¿No se habrá enfadado usted? —preguntó, jadeando.

Pobre diablo, ¿cómo iba a enfadarme con él, cuando yacía ante mí en semejante estado?

—Es por su propio bien, Watson —graznó.

—¿Por mi bien?

—Sé lo que me pasa. Es una enfermedad de los *coolies*[4] de Sumatra, algo que los holandeses conocen mucho mejor que nosotros, aunque hasta ahora no han logrado avanzar mucho en la investigación del mal. Solo una cosa es cierta: conduce inevitablemente a la muerte y es terriblemente contagiosa.

Ahora hablaba con energía febril, sus largas manos temblaban nerviosamente mientras hacía gestos para que me alejara.

—Contagiosa por el tacto, Watson; eso es, por el tacto. Manténgase alejado y todo irá bien.

—¡Santo Cielo, Holmes! Ni por un momento va a convencerme con algo así. No lo haría en el caso de un desconocido, menos aún iba a evitar que cumpliese con mi deber con un viejo amigo.

De nuevo me acerqué, pero me rechazó con una mirada de cólera furiosa.

—Si se queda ahí, hablaré. De lo contrario, márchese de la habitación.

---

4   Obreros no cualificados asiáticos. *(N. de la T.)*

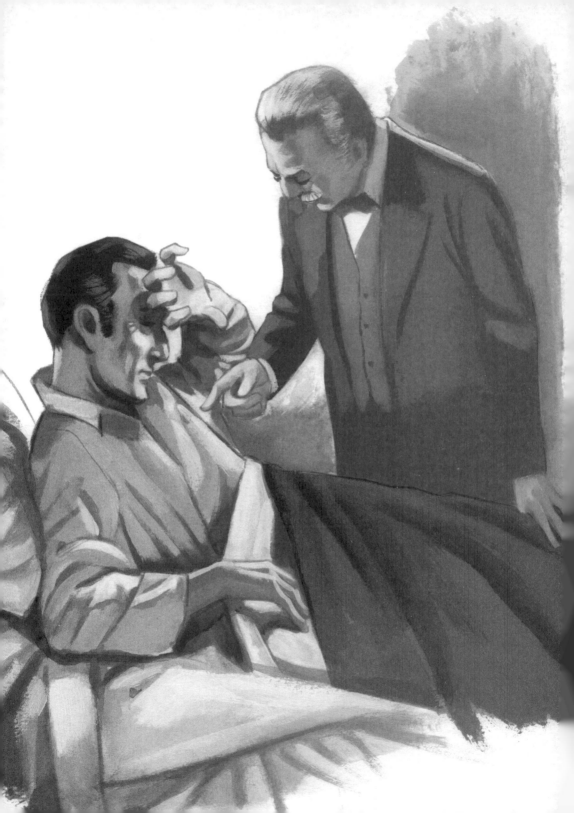

Guardaba un respeto tan profundo por las extraordinarias cualidades de Holmes que siempre había cumplido sus deseos, incluso cuando escapaban a mi entendimiento. Pero esta vez mi instinto profesional tiraba de mí. Aunque en lo demás él mandase siempre, en un caso de enfermedad mandaba yo.

—Holmes —dije—, usted no es el de siempre. Un enfermo no es más que un niño, y así voy a tratarle. Le guste o no, le voy a examinar, analizaré sus síntomas y le recetaré un tratamiento.

Me miró con sus ojos venenosos.

—Si me tiene que examinar un médico, lo quiera yo o no, por lo menos que sea uno del que me pueda fiar.

—¿Entonces no confía en mí?

—En su amistad sí. Pero los hechos son los hechos, Watson, y, después de todo, usted solo es un médico de cabecera de experiencia muy limitada, que se graduó con notas mediocres. Me duele tener que decirle esto, pero no me deja otra elección.

Me sentí amargamente herido.

—Ese comentario no es digno de usted, Holmes, y demuestra muy claramente el estado de sus nervios. Pero si no se fía de mí, no le impondré mis servicios. Déjeme que llame a sir Jasper Meek o a Penrose Fisher, o a alguno de los mejores médicos de Londres. Pero alguien debe verle, y eso es definitivo. Si cree que me voy a quedar aquí de pie, viéndole morir sin prestarle yo mismo ayuda alguna o sin traer a otro doctor, entonces se ha equivocado de persona.

—Sus intenciones son buenas, Watson —dijo el enfermo, medio sollozando, medio gimiendo—. ¿Quiere que le demuestre su propia ignorancia? ¿Qué sabe usted, digamos, de la fiebre de Tapanuli? ¿Qué sabe de la costra negra de Formosa?

—Jamás he oído hablar de ninguna de ellas.

—En Oriente hay muchas enfermedades, muchas y extrañas variedades patológicas, Watson —hacía una pausa después de cada frase para reunir sus menguantes fuerzas—. He aprendido mucho durante mis últimas y recientes investigaciones de índole médico-criminal. Ha sido en el transcurso de una de ellas cuando he contraído esta dolencia. Usted no puede hacer nada.

—Probablemente, no. Pero da la casualidad de que el doctor Ainstree, la más importante autoridad viva en enfermedades tropicales, se encuentra ahora mismo en Londres. Es inútil que proteste, Holmes. Voy a buscarle ahora mismo. —Dicho esto, me dirigí, resuelto, hacia la puerta.

¡En mi vida había sufrido una impresión como aquella! En un instante, y saltando como un tigre, el moribundo me interceptó. Oí el nítido chasquido de una llave al girar en la cerradura. Al momento siguiente, volvió tambaleándose hacia la cama, exhausto y jadeando, después de ese fogonazo de energía.

—No podrá arrebatarme la llave por la fuerza, Watson. Le tengo atrapado, amigo mío. Aquí se queda usted, y aquí se quedará hasta que yo disponga otra cosa. Pero le seguiré la corriente. —Dijo todo esto con breves jadeos, luchando terriblemente para buscar aliento—. Solo piensa usted en mi propio bien, de eso estoy completamente convencido. Se saldrá usted con la suya, pero deme tiempo para recuperar las fuerzas. Ahora no, Watson, todavía no. Son las cuatro en punto. A las seis podrá marcharse.

—Esto es una locura, Holmes.

—Solo dos horas, Watson. Le prometo que se irá a las seis. ¿Se contentará con esperar?

—Parece que no tengo elección.

—Ninguna, Watson. Gracias, no necesito que me arregle la cama. Por favor, manténgase alejado. Ahora, Watson, quiero imponerle otra condición. Buscará ayuda, pero no acudirá al hombre que ha mencionado usted, sino al que elija yo.

—No faltaba más.

—Las tres primeras palabras sensatas que ha pronunciado usted desde que entró en la habitación, Watson. Encontrará algunos libros allí. Estoy un tanto agotado; me pregunto cómo se siente una batería cuando suministra electricidad a un material no conductor. A las seis retomaremos nuestra conversación, Watson.

Pero esa conversación estaba destinada a retomarse mucho antes de esa hora, y en circunstancias que me impactaron tan solo un poco menos que su salto hacia la puerta. Llevaba varios minutos mirando a la silenciosa figura postrada en la cama. Su rostro permanecía casi cubierto por las sábanas y parecía haberse dormido. Entonces, siéndome imposible sentarme para leer, caminé lentamente por la habitación, examinando los retratos de criminales célebres que adornaban todas sus paredes. Finalmente, en mi deambular llegué a la repisa de la chimenea. Sobre ella se esparcía un caos de pipas, bolsas para tabaco, jeringuillas, cortaplumas, cartuchos de revólver y demás *débris.* En medio de todo aquel desorden vi una cajita de marfil, blanca y negra, con tapa deslizante. Era un objeto muy bonito, y ya había extendido la mano para examinarla más de cerca cuando... Emitió un grito espantoso..., un aullido que debió de oírse en toda la calle. Sentí que se me helaba la piel y que el pelo se me erizaba ante aquel horrible chillido. Al darme la vuelta, advertí su cara convulsa y sus ojos frenéticos. Me quedé paralizado, con la caja en la mano.

¡Deje eso! Déjelo ahora mismo, Watson... ¡Ahora mismo, le digo! —Su cabeza volvió a hundirse en la almohada, y lanzó un hondo suspiro de alivio, cuando volví a dejar la caja en la repisa de la chimenea—. Detesto que toquen mis cosas, Watson. Ya sabe que lo detesto. Deje de enredar, está poniendo a prueba mi paciencia. Usted, un médico, bastaría para enviar a un hombre al manicomio. ¡Siéntese de una vez, y déjeme descansar!

El incidente me dejó con una sensación muy desagradable. Su violenta y absurda reacción, seguida por la brutalidad de su lenguaje, tan alejada de su habitual suavidad, demostraba lo profunda que era la desorganización de su mente. De todas las ruinas, la de una mente noble es la más lamentable. Me senté a esperar en silencio, en un estado de tristeza melancólica, hasta que el tiempo convenido hubiera pasado. Parecía que él había estado observando el reloj igual que yo, pues apenas eran las seis cuando comenzó a hablar con la misma febril agitación de antes.

—Bien, Watson —dijo—. ¿Lleva dinero suelto en el bolsillo?

—Sí.

—¿Algo de plata?

—Bastante.

—¿Cuántas medias coronas?

—Tengo cinco.

—¡Ah, muy pocas! ¡Muy pocas! ¡Qué mala suerte, Watson! Sin embargo, métalas tal cual están en su bolsillo del reloj. Y el resto de su dinero guárdeselo en el bolsillo izquierdo de su pantalón. Gracias. Eso mejorará su equilibrio.

Era una locura delirante. Se encogió de hombros y volvió a emitir un sonido a medio camino entre una tos y un sollozo.

—Ahora encienda el gas, Watson, pero tenga mucho cuidado de que en ningún momento pase de la mitad. Le ruego que tenga mucho cuidado, Watson. Gracias, así está bien. No, no hace falta que baje la persiana. Ahora, si tiene la amabilidad de colocar unas cartas y documentos en esta mesa, a mi alcance... Gracias. Ahora traiga algunos de los chismes que hay sobre la repisa de la chimenea. ¡Excelente, Watson! Allí hay unas pinzas para el azúcar. Utilícelas para prender con suavidad la pequeña caja de marfil. Colóquela aquí, entre los papeles. ¡Muy bien! Ahora puede ir a buscar al señor Culverton Smith, del 13 de Lower Burke Street.

Para ser sinceros, mi intención de ir a buscar a un médico se había debilitado un tanto: el pobre Holmes deliraba de tal modo que parecía peligroso dejarle solo. Sin embargo, ahora exhibía la misma obstinación para que trajera a la persona que me había mencionado como la que había mostrado antes al rechazar la visita de un médico.

—Nunca he oído tal nombre.

—Probablemente no, mi buen Watson. Le sorprendería saber que el hombre que mejor conoce esta dolencia no es un médico, sino el dueño de una plantación. El señor Culverton Smith es un conocido ciudadano de Sumatra que se encuentra visitando Londres. La irrupción de esta enfermedad en su plantación, que quedaba muy lejos de toda ayuda médica, le obligó a estudiarla él mismo, logrando avances de gran calado. Se trata de un hombre muy metódico, y no quería hacerle llamar antes de las seis, porque sabía bien que no le encontraría usted en su estudio. Si pudiera convencerle para que venga aquí y nos obsequie compartiendo con nosotros sus experiencias únicas con esta enfermedad, cuya investigación es su afición favorita, no me cabe duda de que podría ayudarme.

Presento al lector las palabras de Holmes como un todo consecutivo, y no intentaré reproducir cómo se veían interrumpidas por jadeos con los que intentaba recobrar el aliento y por la crispación con la que cerraba sus manos, que revelaban el dolor que sufría. Su aspecto había empeorado durante las pocas horas que llevábamos juntos. El rubor producido por la fiebre hética era más pronunciado aún, los ojos centelleaban con más fuerza desde sus oscuras órbitas y un sudor frío brillaba sobre su frente. Sin embargo, aún conservaba su alegre vivacidad al hablar. Seguiría siendo el maestro hasta su último aliento.

—Le contará exactamente en qué estado me ha dejado —dijo él—. Le transmitirá la misma impresión que he dejado en su mente, un hombre moribundo... Un hombre moribundo que delira. En efecto, no puedo pensar por qué el lecho oceánico no está formado por una sólida masa de ostras, si son tan abundantes. ¡Ah, estoy divagando! ¡Resulta extraño cómo el cerebro controla al cerebro! ¿Qué estaba diciendo, Watson?

—Mis instrucciones para el señor Culverton Smith.

—Ah, sí, ya me acuerdo. Mi vida depende de ello. Persuádalo, Watson. No nos llevamos bien. Su sobrino, Watson... Yo sospechaba que no jugaba limpio y le permití verlo. El muchacho murió horriblemente. Me guarda rencor. Usted le ablandará, Watson. Ruéguele, suplíquele, tráigale hasta aquí como sea. Solo él puede salvarme, ¡solo él!

—Le traeré en un coche, aunque tenga que cargar con él hasta el carruaje.

—No hará nada de eso. Le convencerá para que venga por propia voluntad. Y luego volverá usted antes que él. Invéntese cualquier excusa para no tener que acompañarle. No lo olvide, Watson, no me falle. Usted nunca me ha fallado. Sin duda, existen enemigos naturales que limitan el aumento de las criaturas. Usted y yo, Watson, ya hemos cumplido con nuestra parte. ¿Va a quedar el mundo, entonces, invadido por las ostras? ¡No, no, sería espantoso! Cuéntele todo lo que ha visto.

Le dejé, llevándome la imagen de su magnífico intelecto balbuceando como un niño estúpido. Me había entregado la llave y tuve la feliz ocurrencia de llevármela conmigo, para evitar que se encerrase a sí mismo. La señora Hudson esperaba en el pasillo, temblando y sollozando. Al salir del apartamento oí a mis espaldas la estridente y fina voz de Holmes entonando un canto delirante. Abajo, después de que llamara a un coche de un silbido, un hombre se me acercó entre la niebla.

—¿Cómo se encuentra el señor Holmes, señor? —preguntó. Se trataba de un antiguo conocido, el inspector Morton, de Scotland Yard, vestido de civil.

—Se encuentra gravemente enfermo —respondí.

Me miró de un modo muy extraño. De no resultarme tan perverso, habría pensado que el resplandor de la farola iluminaba una expresión de alegría exultante.

—Había oído rumores al respecto —dijo.

El coche se aproximó hasta donde yo estaba y subí, dejándole allí.

Lower Burke Street resultó ser una hilera de bonitas casas situada en la vaga zona limítrofe entre Notting Hill y Kensington. La casa ante la cual se detuvo mi cochero lucía su recatada y fatua respetabilidad en sus verjas de hierro pasadas de moda, su enorme puerta plegable y sus bronces relucientes. Todo ello guardaba una perfecta armonía con el solemne mayordomo, que apareció enmarcado en el fulgor rosado de una luz eléctrica coloreada que había encendida detrás de él.

—Sí, el señor Culverton Smith se encuentra en casa, doctor Watson. Muy bien, señor. Le entregaré su tarjeta.

Mi humilde nombre y mi título no impresionaron al señor Culverton Smith. A través de la puerta entreabierta me llegó el sonido de una voz aguda, engreída y penetrante.

—¿Quién es esta persona? ¿Qué quiere? Por el amor de Dios, Staples, ¿cuántas veces tengo que decirle que no tolero que me molesten cuando me encuentro entregado a mis estudios?

Se produjo una catarata de respetuosas explicaciones destinadas a aplacar el ánimo del señor Smith.

—Bueno, no le recibiré, Staples. No voy a dejar que mi trabajo se vea interrumpido. No me encuentro en casa, dígale eso. Dígale que vuelva mañana por la mañana si de verdad está interesado en verme.

Se oyó de nuevo el suave murmullo.

—Bien, bien, dígaselo. Puede venir por la mañana o puede no volver. Mi trabajo no puede sufrir más retrasos.

Pensé en Holmes, revolviéndose en su lecho de enfermo, quizá contando los minutos hasta que yo llegara con ayuda. No era momento para detenerse en ceremonias. Tenía que actuar con celeridad si quería salvar su vida. Antes de que el mayordomo terminase de deshacerse en disculpas al entregar su mensaje, lo hice a un lado y entré en la habitación.

Un hombre se levantó de una butaca situada junto al fuego, emitiendo un chillido de furia. Vi una gran cara amarilla, de tez áspera y grasienta, una pesada papada y dos ojos huraños y amenazadores que lanzaban destellos en mi dirección por debajo de unas pobladas cejas color arena. Llevaba una gorra de estar por casa, coquetamente inclinada encima de su alargada cabeza calva. Su cráneo debía poseer una gran capacidad y, sin embargo, al bajar la vista, pude comprobar, para mi sorpresa, que la figura del hombre era pequeña y frágil, tenía los hombros y la espalda retorcidos, como si hubiera sufrido de raquitismo durante su infancia.

—¿Qué significa esto? —exclamó, con voz aguda y estridente—. ¿Qué significa esta intrusión? ¿No le he dejado dicho que le recibiré mañana por la mañana?

—Lo siento —dije—, pero el asunto es de la máxima urgencia. El señor Sherlock Holmes...

Pronunciar el nombre de mi amigo produjo un efecto extraordinario en el hombrecillo. La mirada de furia se desvaneció en un instante de su rostro. Sus rasgos se tensaron, expectantes.

—¿Le envía Holmes? —dijo.

—Acabo de dejarle.

—¿Qué hay de Holmes? ¿Cómo se encuentra?

—Se encuentra gravemente enfermo. Por eso he venido.

El hombre me hizo señas para que me sentase en una butaca y se volvió para ocupar la suya de nuevo. Al hacerlo, vislumbré el reflejo de su rostro en el espejo situado encima de la repisa de la chimenea. Hubiera jurado que mostraba una maliciosa y abominable sonrisa. Pero me convencí de que debía de ser alguna contracción nerviosa, puesto que, un momento después, se volvió hacia mí con auténtica preocupación en sus facciones.

—Lamento oír eso —dijo—. Solo conozco al señor Holmes gracias a ciertos asuntos de negocios que tuvimos en el pasado, pero aun así siento un gran respeto por su talento y personalidad. Es un aficionado al crimen, como yo lo soy a la enfermedad. Él caza al criminal, yo al microbio. Ahí están mis calabozos —continuó, señalando una hilera de botellas y tarros que se encontraban en una mesa auxiliar—. Algunos de los peores delincuentes del mundo cumplen condena en esos cultivos de gelatina.

—El señor Holmes quería verle por los especiales conocimientos sobre las patologías tropicales que usted posee. Tiene una elevada opinión de usted y cree que es la única persona de Londres que puede ayudarle.

El hombrecito dio un respingo y la elegante gorra resbaló hasta caer al suelo.

—¿Por qué? —preguntó—. ¿Por qué iba a creer el señor Holmes que yo podría ayudarle con su enfermedad?

—Por sus conocimientos sobre las enfermedades de Oriente.

—Pero ¿por qué iba a creer que la enfermedad que ha contraído es de origen oriental?

—Porque, durante una investigación profesional en los muelles, entró en contacto con marineros chinos.

El señor Culverton sonrió agradablemente y recogió su gorra.

—Oh, ¿así que es eso? —dijo—. Confío en que el asunto no sea tan grave como usted supone. ¿Cuánto tiempo lleva enfermo?

—Unos tres días.

—¿Delira?

—Algunas veces.

—¡Vaya, vaya! Parece que es serio. Sería inhumano no responder a su llamada. Me resulta tremendamente molesto ver interrumpido mi trabajo, doctor Watson, pero, ciertamente, esta situación es excepcional. Iré con usted enseguida.

Recordé la indicación de Holmes.

—Tengo otro compromiso —dije.

—Muy bien. Iré yo solo. Tengo apuntada en mi agenda la dirección del señor Holmes. Puede estar seguro de que me encontraré allí en menos de media hora.

Volví a entrar en la alcoba de Holmes con enorme pesar. Dado el estado en que lo dejé, podría haber ocurrido lo peor durante mi ausencia. Pero, para mi enorme alivio, había mejorado enormemente. Estaba tan pálido como siempre, pero se había desvanecido cualquier rastro de delirio y, aunque es cierto que hablaba con voz débil, había ganado en lucidez y claridad.

—Bueno, ¿le ha visto, Watson?

—Sí, está en camino.

—¡Admirable, Watson! ¡Admirable! Es usted el mejor de los mensajeros.

—Quería acompañarme de vuelta.

—Eso no podía ser, Watson. Hubiera resultado completamente imposible. ¿Preguntó de qué enfermedad estaba aquejado?

—Le hablé de los chinos del East End.

—¡Excelente! Bien, Watson, ha hecho usted todo lo que un buen amigo podía hacer. Ahora ha de hacer mutis por el foro.

—Debo quedarme a escuchar su opinión profesional, Holmes.

—Claro que debe. Pero tengo razones para suponer que su opinión será mucho más sincera y valiosa si cree que él y yo nos encontramos a solas. Detrás de la cabecera de mi cama tiene usted sitio para esconderse, Watson.

—¡Mi querido Holmes!

—Me temo que no hay alternativa, Watson. No hay muchos escondites en el cuarto, pero es preciso que se oculte para no levantar sospechas. Póngase ahí mismo, Watson, creo que servirá. —De repente se incorporó con una expresión de rígida atención en su rostro demacrado—. Oigo un coche de caballos, Watson. ¡Si en algo me aprecia, dese prisa! Y no se mueva, pase lo que pase... Pase lo que pase, ¿me ha oído? ¡No hable! ¡No se mueva! Simplemente, escuche con toda atención.

Entonces desapareció su repentino arrebato de energía, y sus palabras dominantes y resueltas se extinguieron en los vagos y apenas audibles murmullos de un hombre medio delirante.

Desde el escondite donde me había agazapado tan rápidamente, pude oír las pisadas subiendo por la escalera y la puerta del dormitorio abriéndose y cerrándose. Después, para mi sorpresa, se produjo un largo silencio, solo interrumpido por la pesada respiración y los jadeos del enfermo. Supuse que nuestro visitante se encontraba de pie junto a la cama, observando al paciente. Finalmente, se rompió aquel extraño silencio.

—¡Holmes! —exclamó—. ¡Holmes! —repitió, con el tono insistente que se emplea cuando se desea despertar a alguien dormido—. ¿Puede oírme, Holmes? —Se oyó un roce de sábanas, como si alguien sacudiera bruscamente al enfermo por el hombro.

—¿Es usted, señor Smith? —susurró Holmes—. Apenas me atrevía a esperar que viniera.

El otro rio.

—Ya me imagino —dijo—. Y, a pesar de ello, ya ve, estoy aquí. ¡Ascuas de fuego, Holmes..., ascuas de fuego!

—Es muy noble por su parte. Sabe que aprecio mucho sus valiosos conocimientos.

Nuestro visitante soltó una risita.

—Desde luego que sí. Afortunadamente, usted es el único hombre de Londres que los aprecia. ¿Sabe qué enfermedad ha contraído?

—La misma —dijo Holmes.

—¡Ah! ¿Reconoce los síntomas?

—Los conozco demasiado bien.

—Bueno, no me extrañaría, Holmes. No me extrañaría que fuese lo mismo. Si es así, serían malas noticias para usted. El pobre Victor murió a los cuatro días; un joven fuerte y vigoroso. Desde luego, como bien dijo usted, resultaba sorprendente que hubiera contraído una rara enfermedad asiática en el corazón de Londres, una dolencia que yo había estudiado con especial atención, además. Una curiosa coincidencia, Holmes. Fue usted muy listo al darse cuenta, pero muy poco compasivo al sugerir que aquello fuera causa y efecto.

—Sabía que lo hizo usted.

—¿Verdad que sí? De todos modos, no pudo probarlo. Pero ¿en qué está usted pensando: primero difunde acusaciones sobre mí y luego se arrastra hasta mi casa para que le ayude en el momento en que se encuentra en apuros? ¿A qué juega usted, eh?

Oí la respiración trabajosa y ronca del enfermo.

—¡Deme agua! —jadeó.

—Se encuentra usted muy cerca de su fin, amigo mío, pero no quiero que se vaya sin que intercambiemos unas palabras. Por eso le doy agua. Aquí tiene, ¡no se la tire por encima! Eso es. ¿Entiende lo que le digo?

Holmes gimió.

—Haga lo que pueda por mí. Lo pasado, pasado está —susurró—. Olvidaré lo que dije... Se lo juro. Cúreme y lo olvidaré.

—¿Qué olvidará?

—Todo lo que sé sobre la muerte de Victor Savage. Usted prácticamente acaba de reconocer lo que hizo. Lo olvidaré.

—Puede olvidarlo o recordarlo, como guste. No le veo en la tribuna de testigos. Me parece que comparecerá ante otro tribunal, mi querido Holmes, se lo aseguro. Da igual lo que sepa sobre la muerte de mi sobrino. No hablamos de él. Hablamos de usted.

—Sí, sí.

—El tipo que vino a verme..., he olvidado su nombre..., dijo que contrajo la enfermedad en el East End, con los marineros.

—Es la única explicación que se me ocurre.

—Está usted orgulloso de su intelecto, señor Holmes, ¿no es verdad? Se cree muy inteligente, ¿no es cierto? Pero esta vez se ha topado con alguien más listo que usted. Ahora vuelva la vista atrás, Holmes. ¿No se le ocurre otra manera para haber contraído la enfermedad?

—No puedo pensar. He perdido la razón. ¡Por el amor de Dios, ayúdeme!

—Sí, le ayudaré. Le ayudaré a entender en qué situación se encuentra y cómo ha llegado a parar ahí. Me gustaría que lo supiera antes de morir.

—Deme algo que me alivie el dolor.

—¿Doloroso, verdad? Sí, los *coolies* solían chillar un poco al final. Son como calambres, imagino.

—Sí, sí, calambres.

—Bien, de todos modos puede oír lo que tengo que decirle. ¡Escuche! ¿Recuerda algún incidente peculiar justo antes de que comenzaran los síntomas?

—No, no, nada.

—Piense otra vez.

—Estoy demasiado enfermo para pensar.

—Bien, entonces le ayudaré. ¿Le ha llegado algo por correo?

—¿Por correo?

—¿Una caja, por ejemplo?

—Me desmayo. ¡Me muero!

—¡Escuche, Holmes! —Se oyó un sonido, como si estuviera sacudiendo al moribundo. Yo hice lo que pude para contenerme y seguir escondido—. Escúcheme. ¡Tiene que escucharme! ¿Recuerda una caja, una caja de marfil? Le llegó el miércoles. Usted la abrió, ¿se acuerda?

—Sí, sí. La abrí. En su interior había un muelle muy afilado. Alguna broma...

—No era una broma, como descubrirá a su propia costa. Idiota, usted mismo se lo buscó. ¿Quién le pidió que se cruzase en mi camino? Si me hubiese dejado en paz, no le habría hecho nada.

—Ya recuerdo —jadeó Holmes—. ¡El muelle! Me hizo sangre. La caja... está sobre la mesa.

—¡La misma, por san Jorge! Y más vale que salga de este cuarto metida en mi bolsillo. Aquí va su única prueba. Ahora que le he contado la verdad, Holmes, ya puede morir sabiendo que yo le maté. Usted sabía demasiado acerca de la muerte de Victor Savage, así que le he enviado a compartir su destino. Su final se acerca, Holmes. Me sentaré aquí, a contemplar cómo muere.

La voz de Holmes se había reducido hasta convertirse en un susurro casi inaudible.

—¿Qué dice? —dijo Smith—. ¿Que abra el gas? Ah, las sombras empiezan a alargarse, ¿verdad? Sí, lo subiré, así le podré ver mejor. —Cruzó la habitación y, de repente, la luz aumentó su brillo—. ¿Necesita alguna cosa más, amigo mío?

—Un fósforo y un cigarrillo.

Casi grité de alegría y asombro. Había hablado con su voz normal; un poco débil, quizá, pero era la voz que yo conocía. Se produjo una larga pausa, y noté que Culverton Smith se había quedado de pie, mirando, sorprendido, a su interlocutor.

—¿Qué significa esto? —le oí decir con tono seco y ronco.

—El mejor modo de interpretar a un personaje es convertirse en él —dijo Holmes—. Le doy mi palabra de que no he probado bocado ni bebido nada en tres días, hasta que usted ha tenido la bondad de darme ese vaso de agua. Pero es la abstinencia del tabaco lo que encuentro más molesto. Ah, aquí hay cigarrillos. —Oí cómo encendía un fósforo—. Esto está mucho mejor. ¡Vaya, vaya! ¿No son los pasos de un amigo lo que se oye por las escaleras?

Se escucharon pasos al otro lado de la puerta, esta se abrió y apareció el inspector Morton.

—Todo está en orden. Aquí tiene a su hombre —dijo Holmes.

El policía le hizo las advertencias de rigor.

—Queda detenido por el asesinato de un tal Victor Savage —concluyó.

—A lo que podría añadir el intento de asesinato de un tal Sherlock Holmes —comentó mi amigo, con una risita—. Para ahorrarle molestias a un inválido, el señor Culverton Smith ha sido tan amable de subir el gas, dándole así nuestra señal. Por cierto, el prisionero lleva una cajita en el bolsillo de la mano derecha de su abrigo que sería mejor quitar de en medio. Gracias. Yo tendría cuidado con ella si fuese usted. Póngala aquí, también desempeñará su papel en el juicio.

Se produjo una súbita agitación y un forcejeo, seguido por un ruido de hierro y un grito de dolor.

—Solo conseguirá hacerse daño —dijo el inspector—. Haga el favor de estarse quieto, ¿quiere? —Se oyó el ruidito que hicieron las esposas al cerrarse.

—¡Bonita trampa! —exclamó, gruñendo en un tono agudo—. Esto va a llevarle a usted al banquillo, Holmes, no a mí. Me pidió que viniese a curarle. Me compadecí y acudí. Sin duda, ahora se inventará que he dicho algo que ha corroborado sus demenciales sospechas. Puede mentir todo lo que quiera, Holmes, es mi palabra contra la suya.

—¡Santo Cielo! —exclamó Holmes—. Me había olvidado completamente de él. Mi querido Watson, le debo mil disculpas. ¡Pensar que he pasado por alto su presencia! No es necesario que le presente al señor Culverton Smith, tengo entendido que ya se conocieron esta tarde. ¿Le espera el coche abajo? Iré con usted cuando me haya vestido, quizá sea útil en la comisaría.

⁋

—Nunca me había hecho más falta —dijo Holmes, tras refrescarse tomando una copa de Burdeos y unas galletas mientras se arreglaba—. Sin embargo, como bien sabe, mis costumbres son irregulares, y tal hazaña es un esfuerzo mucho menor para mí que para la mayoría de la gente. Resultaba esencial que impresionara a la señora Hudson, haciéndole creer que mi situación era extremadamente grave, puesto que ella debía transmitírsela a usted. ¿No se habrá molestado, verdad, Watson? Dese cuenta de que, entre sus muchos talentos, no se encuentra la malicia. Si hubiese conocido mi secreto no le habría sido posible hacer creer a Smith que necesitaba desesperadamente y con urgencia su presencia aquí, la cual era un punto clave en mi plan. Conociendo su carácter vengativo, estaba seguro de que vendría a ver su obra.

—Pero ¿y su aspecto, Holmes, su rostro demacrado?

—Tres días de ayuno estricto no mejoran el aspecto de nadie, Watson. Para lo demás, no hay nada que una esponja no pueda curar. Con vaselina en la frente, belladona en los ojos, colorete en las mejillas y costras de cera de abeja en los labios, puede lograrse un efecto de lo más convincente. Fingir una enfermedad es un tema sobre el que a veces he pensado escribir una monografía. Hablar de medias coronas, ostras o cualquier tema que no venga a cuento produce un agradable efecto similar al delirio.

—Pero ¿por qué no dejó que me acercase, si en realidad no había peligro de contagio?

—¿Y usted lo pregunta, mi querido Watson? ¿Cree que no tengo ningún respeto por su talento para la medicina? ¿Cómo iba a creer yo que su astuto juicio iría a pasar por alto que un enfermo agonizante, aunque débil, tenía el pulso y la temperatura de un hombre normal? A cuatro yardas de distancia podía engañarle. Si no conseguía hacerlo, ¿quién me iba a traer a Smith? No, Watson, yo no tocaría esa caja. Si la mira de lado, podrá apreciar la punta afilada del resorte, parecido al colmillo de una víbora, que salta cuando se abre. Me atrevo a afirmar que fue un artilugio similar el que acabó con la vida del pobre Victor Savage, que se interponía entre este monstruo y la reversión de una herencia. Sin embargo, como usted sabe, mantengo una correspondencia de lo más variada, y siempre me pongo en guardia ante cualquier paquete que llegue a mis manos. Sin embargo, me pareció que si fingía que él había logrado su propósito, podría arrancarle una confesión. Y he puesto en escena este simulacro con la perfección del verdadero artista. Gracias, Watson, tiene que ayudarme a ponerme el abrigo. Cuando hayamos terminado en comisaría, creo que no estaría de más parar a tomar algo nutritivo en Simpson's.

La desaparición de lady Frances Carfax

—Pero ¿por qué turcos? —preguntó Sherlock Holmes, mirando fijamente mis botas. Yo me encontraba reclinado sobre una silla de respaldo de rejilla y mis pies, que sobresalían, habían atraído su activa atención.

—Ingleses —respondí, sorprendido—. Los compré en Latimer's, en Oxford Street.

Holmes sonrió con una expresión de cansada paciencia.

—¡Los baños! —dijo—. ¡Los baños! ¿Por qué fue a los relajantes y caros baños turcos en vez de limitarse al estimulante artículo casero?

—Porque durante los últimos días he sentido dolores de reuma y el peso de los años. Un baño turco es lo que en medicina llamamos alterativo, un nuevo punto de partida, un purificador del sistema. Por cierto, Holmes —añadí—, no cabe duda de que la relación entre mis botas y el baño turco es absolutamente evidente para una mente lógica; no obstante, le agradecería mucho que me la explicase.

—No es un razonamiento excesivamente complejo, Watson —dijo Holmes, con un brillo malicioso en la mirada—. Pertenece a la misma clase de deducción elemental con la que le ilustraría si le preguntase con quién compartió su coche esta mañana.

—No creo que un nuevo ejemplo sirva de explicación —dije, con cierta aspereza.

—¡Bravo, Watson! Una objeción digna y lógica. Veamos, ¿cuáles eran los detalles? Comencemos por el último: el coche. Observará que tiene usted algunas salpicaduras en la manga y el hombro izquierdo de su abrigo. Si se hubiese sentado en el centro del cabriolé, probablemente no se habría visto salpicado, y en caso de que así fuese, lo más probable es que las manchas fuesen simétricas. Por tanto, está claro que usted iba sentado a un lado. Y, del mismo modo, resulta igual de claro que iba usted acompañado.

—Eso es evidente.

—Absurdamente banal, ¿no es cierto?

—Pero ¿las botas y el baño?

—Igualmente pueril. Tiene usted la costumbre de abrocharse las botas de determinada manera. Esta vez me fijé en que se había atado los cordones con una elaborada lazada doble, que no es su método habitual. Por lo tanto, se las había quitado. ¿Quién se las ató? Un zapatero, o el mozo del salón de baños. Es poco probable que haya sido el zapatero, puesto que sus botas están como nuevas. Bien, ¿qué nos queda? Los baños. Qué tontería, ¿verdad? Pero, en cualquier caso, el baño turco ha cumplido su propósito.

—¿Y cuál es?

—Dijo usted que lo había tomado porque necesitaba un cambio. Déjeme sugerirle uno. ¿Qué le parece Lausana, mi querido Watson; billetes de primera clase y todos los gastos pagados, con generosidad principesca?

—¡Magnífico! Pero ¿por qué?

Holmes se reclinó en su butaca y sacó su cuaderno de notas del bolsillo.

—Una de las personas más peligrosas de este mundo —dijo— es la mujer a la deriva y sin amigos. Es el más inofensivo y, con frecuencia, el más altruista de los mortales, pero capaz de incitar a cualquiera a cometer un crimen. Se encuentra desvalida. Es migratoria. Dispone de los medios suficientes para viajar de país en país y de hotel en hotel. Con frecuencia se pierde en un oscuro laberinto de *pensions* y casas de huéspedes. Es una gallina a la deriva en un mundo de zorros. Cuando la devoren, casi nadie la echará de menos. Mucho me temo que algo malo le ha ocurrido a lady Frances Carfax.

Este súbito descenso de lo general a lo particular resultó un alivio para mí. Holmes consultó sus notas.

—Lady Frances —continuó— es la única descendiente directa de la familia del fallecido conde de Rufton. Los terrenos familiares fueron heredados por los parientes masculinos, como usted recordará. Tan solo le quedó un modesto estipendio para salir adelante, además de unas antiguas y extraordinarias joyas españolas de plata y diamantes curiosamente tallados, joyas a las que siempre tuvo en gran estima..., demasiada estima, porque siempre rechazó dejarlas en la caja fuerte del banco, llevándolas con ella a todas partes. Una figura patética, lady Frances: una mujer hermosa, de mediana edad, aún lozana, y, sin embargo, por un extraño destino, el último resto del naufragio de lo que hace veinte años era una flota espléndida.

—Entonces, ¿qué le ha ocurrido?

—¡Ah! ¿Qué le ha ocurrido a lady Frances? ¿Está viva o muerta? Ese es nuestro problema. Se trata de una mujer de costumbres regulares, durante cuatro años ha tenido como hábito inalterable escribir una carta todas las segundas semanas del mes a la señorita Dobney, su antigua ama de llaves, que hace años se retiró a vivir en Camberwell. Ha sido la propia señorita Dobney quien me ha consultado. Han pasado casi cinco semanas sin que haya recibido noticias de lady Frances. La última carta fue enviada desde el Hôtel National, en Lausana. Parece ser que lady Frances se marchó de allí sin dejar señas. La familia está angustiada y, como da la casualidad de que son extraordinariamente ricos, no escatimarán en gastos para ayudarnos a aclarar el asunto.

—¿Es la señorita Dobney nuestra única fuente de información? Probablemente se carteara con alguien más.

—Sí, hay alguien que es un tiro certero, Watson. Se trata de su banco. Las damas solteras no viven del aire y sus libretas bancarias son como diarios abreviados. Guarda su dinero en Silvester. Le he echado un vistazo a su cuenta. Extendió su penúltimo cheque para pagar la cuenta del hotel de Lausana, pero lo hizo por una cantidad muy elevada, que, probablemente, la dejó en posesión de efectivo. Desde entonces solo ha extendido otro cheque.

—¿A quién? ¿Y dónde?

—A nombre de la señorita Marie Devine. No tenemos nada que nos indique dónde fue extendido el cheque. Fue cobrado en la sucursal del Crédit Lyonnais de Montpellier hace menos de tres semanas. La cantidad ascendía a cincuenta libras.

—¿Y quién es la señorita Marie Devine?

—Eso también he podido averiguarlo. La señorita Devine era la doncella de lady Frances Carfax. Desconocemos la razón por la que le entregó ese cheque. Sin embargo, no me cabe duda de que sus pesquisas no tardarán en resolver el caso.

—¿Mis pesquisas?

—Claro, de ahí su cura de salud en Lausana. Ya sabe que no puedo abandonar Londres bajo ninguna circunstancia mientras el viejo Abrahams siga preso del pánico ante la posibilidad de perder la vida. Además, como principio general, lo mejor es que no abandone el país. Scotland Yard se siente solo sin mí, lo que provoca una desagradable excitación entre los criminales. Vaya usted, pues, mi querido Watson, y si mi humilde consejo puede ser valorado a la extravagante tarifa de dos peniques por palabra, estará a su disposición, día y noche, al otro extremo del telégrafo continental.

❧

Dos días después me encontraba en el Hôtel National de Lausana, donde fui recibido con toda clase de parabienes por monsieur Moser, su famoso gerente. Según me informó, lady Frances se alojó ahí durante varias semanas. Había inspirado gran simpatía a cuantos la habían tratado. No superaba los cuarenta años de edad. Seguía siendo una mujer hermosa y daba la impresión de haber sido encantadora en su juventud. Monsieur Moser no sabía nada acerca de joyas valiosas, pero los sirvientes le habían comentado que la señora guardaba un voluminoso arcón en su dormitorio y que siempre permanecía escrupulosamente cerrado con llave. Marie Devine, la doncella, era tan popular como su señora. Se había prometido con uno de los principales camareros del hotel y no fue difícil obtener su dirección. Residía en el número 11 de la Rue de Trajan, en Montpellier. Apunté todo esto y me pareció que ni el propio Holmes habría sido tan diligente obteniendo sus datos. Solo quedaba un rincón en la sombra. Ninguna de las luces que yo poseía podía esclarecer la causa de la repentina marcha de la dama. Era muy feliz en Lausana. Existían toda clase de razones para creer que tenía la intención de quedarse en los lujosos aposentos que miraban al lago durante toda la temporada. Y, a pesar de ello, se había marchado de un día para otro, lo que le obligó a pagar una semana de habitación sin disponer de ella. Solo Jules Vibart, el prometido de la doncella, tenía algo que sugerir acerca de esto. Relacionó la repentina marcha de lady Frances con la visita al hotel, un día o dos antes, de un hombre alto, moreno y barbudo. *«Un sauvage…, un véritable sauvage!»*, exclamó Jules Vibart. El hombre se había alojado en algún lugar de la ciudad. Se le había visto hablando agitadamente con madame en el paseo junto al lago. Luego vino a visitarla. Ella se negó a verle. El hombre era inglés, pero no había constancia de su nombre. Madame abandonó Lausana inmediatamente después de que esta visita tuviese lugar. Jules Vibart y, lo que era aún más importante, su novia pensaban que esta visita y la marcha de lady Frances eran causa y efecto. Solo hubo una cosa sobre la que Jules no quiso decir ni una palabra: el motivo por el cual Marie había dejado a la señora. No quería o no podía hablar de ello. Si quería averiguarlo, tendría que preguntárselo a ella en Montpellier.

Así acabó el primer capítulo de mis pesquisas. El segundo lo dediqué al lugar al que se había dirigido lady Frances Carfax tras abandonar Lausana. Esta cuestión se veía rodeada de cierto secretismo, lo que me confirmó la idea de que se había marchado con la intención de despistar a un posible perseguidor. De no ser así, ¿por qué no pusieron simplemente la etiqueta de Baden en su equipaje? Tanto ella como sus maletas llegaron al balneario renano después de dar un gran rodeo. Todo esto lo averigüé gracias al gerente de la oficina local de la compañía Cook. Así que me encaminé a Baden, después de enviarle a Holmes una crónica completa de todos mis progresos y recibiendo por toda respuesta un telegrama de elogio un tanto humorístico.

En Baden no me fue difícil seguir el rastro. Lady Frances se había alojado durante dos semanas en el Englischer Hof. Mientras residió allí, entabló amistad con el doctor Shlessinger, un misionero de Sudamérica, y su esposa. Como la mayoría de las damas solitarias, lady Frances encontró consuelo y ocupación en la vida religiosa. La extraordinaria personalidad del doctor Shlessinger, su sincera devoción y el hecho de que se estuviera recuperando de una enfermedad contraída en el ejercicio de sus obligaciones apostólicas la emocionaron profundamente. Ayudó a la señora Shlessinger a cuidar de aquel santo convaleciente. Él se pasaba todo el día, según me dijo el gerente, acostado en una tumbona en la galería del hotel, con sus dos cuidadoras, una a cada lado. Ocupaba su tiempo en confeccionar un mapa de Tierra Santa, dedicando especial atención al reino de los madianitas, sobre los que estaba escribiendo una monografía. Finalmente, habiendo mejorado mucho su salud, él y su esposa regresaron a Londres, y lady Frances les acompañó en su viaje. Eso había ocurrido hacía solo tres semanas, y el gerente no había vuelto a recibir noticias de ellos desde entonces. En cuanto a la doncella, Marie, se había marchado, hecha un mar de lágrimas, algunos días antes, tras informar al resto de la servidumbre de que abandonaba a la señora para siempre. El doctor Shlessinger había pagado la cuenta de todo el séquito antes de irse.

—Por cierto —dijo el gerente, para terminar—, usted no es el único amigo de lady Frances Carfax que está intentando averiguar su paradero. Hace solo una semana, más o menos, vino un hombre con el mismo propósito.

—¿Dijo cómo se llamaba? —pregunté.

—No, pero era inglés, aunque de una clase poco corriente.

—¿Un salvaje? —pregunté, relacionando los hechos al estilo de mi ilustre amigo.

—Exacto. Esa palabra le describe muy bien. Es un tipo corpulento, con barba y tez quemada por el sol, que da la impresión de encontrarse más a gusto en la posada de un granjero que en un hotel de lujo. Yo diría que es un tipo feroz y duro, al que uno lamentaría molestar.

El misterio comenzaba a tomar forma y las figuras se definían con más claridad al levantarse la niebla. Teníamos a una buena y piadosa dama perseguida de un sitio a otro por una figura siniestra e incansable. Ella le temía, o de otro modo no hubiese huido de Lausana. Él seguía persiguiéndola.

Tarde o temprano la alcanzaría. ¿O quizá ya la había alcanzado? ¿Era esa la razón de su prolongado silencio? ¿Las buenas personas que la acompañaban no habían podido protegerla frente a su violencia o sus chantajes? ¿Qué terrible propósito, qué insondables designios se ocultaban tras esta prolongada persecución? Ese era el enigma que debía resolver.

Escribí a Holmes, explicándole la rapidez y firmeza con las que había llegado a la raíz del asunto. Como respuesta recibí un telegrama en el que me solicitaba que le describiese la oreja izquierda del doctor Shlessinger. El sentido del humor de Holmes es extraño y, a veces, ofensivo, así que no hice ningún caso a su inoportuna broma. Es más, antes de recibir su mensaje yo ya había llegado a Montpellier en busca de la doncella, Marie. No me resultó difícil encontrar a la antigua sirvienta y enterarme de todo lo que podía contarme. Se trataba de una criatura abnegada, que solo había abandonado a su señora porque estaba segura de que se encontraba en buenas manos, y porque, en cualquier caso, su inminente boda haría que la separación fuese inevitable. Confesó, afligida, que su señora había mostrado cierta irritabilidad hacia ella durante su estancia en Baden, e incluso la había interrogado una vez, como si albergara sospechas acerca de su honradez, lo que hizo que su marcha fuese más fácil de lo que habría sido en otras circunstancias. Lady Frances le entregó cincuenta libras como regalo de boda. Tal como me ocurría a mí, Marie contemplaba con profunda desconfianza al extraño que había alejado a su señora de Lausana. Había visto con sus propios ojos cómo él había aferrado, con gran violencia, la muñeca de la dama en un lugar público, en el paseo junto al lago. Era un hombre feroz y terrible. Estaba convencida de que había aceptado que los Shlessinger la escoltasen a Londres por el miedo que sentía hacia aquel hombre. Nunca le había hablado de ello a Marie, pero muchos pequeños detalles habían convencido a la doncella acerca del estado de aprensión nerviosa en el que vivía su señora. En este punto de su relato, se levantó repentinamente de un salto, con el rostro crispado por la sorpresa y el miedo.

—¡Mire! —exclamó—. ¡Ese sinvergüenza la sigue aún! ¡Ese es el hombre del que le hablaba!

A través de la ventana abierta de la sala de estar pude ver a un hombre moreno y enorme, que lucía una erizada barba negra, caminando lentamente hacia el centro de la calle y mirando ávidamente los números de las casas. Estaba claro que, al igual que yo, seguía la pista de la doncella. Dejándome llevar por un impulso repentino, salí corriendo y lo abordé.

—Es usted inglés —dije.

—¿Y qué pasa si lo soy? —preguntó, frunciendo amenazadoramente el ceño.

—¿Puedo preguntarle cómo se llama?

—No, no puede —respondió, tajante.

Me encontraba en una situación embarazosa, pero, con frecuencia, el camino directo es el mejor.

—¿Dónde está lady Frances Carfax? —pregunté.

Se quedó atónito, mirándome fijamente.

—¿Qué ha hecho con ella? ¿Por qué la persigue? ¡Insisto en que me dé una respuesta! —dije.

El tipo lanzó un bramido de ira y se abalanzó sobre mí como un tigre. Me he sabido defender en más de una pelea, pero aquel hombre tenía manos de hierro y la furia de un demonio. Aferraba mi garganta con su mano, y yo me encontraba a punto de perder el sentido, cuando un *ouvrier* francés, sin afeitar y vestido con una camisa azul, salió corriendo de un cabaré situado en la acera de enfrente, armado con una porra, y le asestó un fuerte golpe a mi asaltante en el antebrazo, lo que le obligó a soltar su presa. Permaneció inmóvil por un instante, bufando de rabia, sin saber si debía contraatacar. Entonces, con un gruñido de frustración, me dejó allí y entró a la casa de la que yo acababa de salir. Me volví a darle las gracias a mi salvador, que seguía en la calzada junto a mí.

—Bueno, Watson —dijo—. ¡Menudo desastre ha organizado aquí! Me parece que lo mejor es que vuelva conmigo a Londres en el expreso nocturno.

Una hora después, Sherlock Holmes, ataviado con su atuendo habitual, estaba sentado en mi habitación de hotel. La explicación que me ofreció acerca de su repentina y oportuna aparición era la simplicidad misma. Al comprobar que podía marcharse de Londres, decidió anticiparse a mis movimientos, dirigiéndose a la siguiente y obvia etapa de mi viaje. Disfrazado de obrero, había estado sentado en el cabaré, esperando mi aparición.

—Ha llevado usted a cabo una investigación especialmente eficaz, mi querido Watson —dijo—. En este momento no puedo recordar ninguna torpeza que no haya cometido. El resultado final de su actuación ha sido dar la alarma en todas partes sin descubrir nada.

—Quizá usted no lo habría hecho mejor —respondí amargamente.

—No hay quizá que valga. Lo he hecho mejor. Aquí tenemos al honorable Philip Green, que se aloja en el mismo hotel que usted; quizá gracias a él encontremos un punto de partida más fructífero para nuestra investigación.

Habían traído una tarjeta en una bandeja, a la que le siguió el mismo barbudo rufián que me había atacado en la calle. Se sobresaltó al verme.

—¿Qué significa esto, señor Holmes? —preguntó—. Recibí su nota y aquí me tiene, pero ¿qué tiene que ver este hombre en el asunto?

—Es mi socio y viejo amigo, el doctor Watson, que nos está ayudando en este caso.

El desconocido alargó una mano enorme y tostada por el sol, dirigiéndome algunas palabras de disculpa.

—Espero no haberle lastimado. Cuando me acusó de haberle hecho daño a lady Frances perdí el control. Lo cierto es que últimamente no soy responsable de mis actos. Tengo los nervios como cables de alta tensión. Esta situación me sobrepasa. Lo primero que deseo saber, señor Holmes, es cómo se las ha apañado para saber de mi existencia.

—Estoy en contacto con la señorita Dobney, la institutriz de lady Frances.

—¡La vieja Susan Dobney y su cofia! La recuerdo bien.

—Y ella se acuerda de usted. Fue antes..., antes de que usted decidiera marcharse a Sudáfrica.

—Ah, ya veo que conoce mi historia. No necesito, pues, ocultarle nada. Le juro, señor Holmes, que no ha existido en este mundo un hombre que haya amado a una mujer con un amor más sincero que el que yo profesaba por Frances. Yo era un joven alocado, lo sé, pero no peor que otros de mi clase. Pero ella era pura como la nieve. No podía soportar ni el menor indicio de vulgaridad. Así que, cuando se enteró de las cosas que yo había hecho, no quiso volver a hablarme. Y, a pesar de todo, me amaba... ¡Eso es lo más maravilloso de todo!... Me amó lo suficiente como para permanecer soltera durante toda su santa vida solo por mí. Pasados los años, cuando logré hacer fortuna en Barberton, pensé que quizá podía regresar en su busca y convencerla. Me había enterado de que aún seguía soltera. La encontré en Lausana y lo intenté por todos los medios. Creo que flaqueó un poco, pero poseía una voluntad de hierro, y a la siguiente visita descubrí que se había marchado de la ciudad. La seguí hasta Baden y, pasado un tiempo, me enteré de que su doncella estaba aquí. Soy un tipo rudo, acostumbrado a llevar una vida dura, y cuando el doctor Watson se dirigió a mí en aquellos términos perdí el control por un momento. Pero, por el amor de Dios, dígame qué le ha ocurrido a lady Frances.

—Eso es lo que tenemos que averiguar —dijo Sherlock Holmes, con extraña seriedad—. ¿Cuál es su dirección en Londres, señor Green?

—Me podrá encontrar en el Langham Hotel.

—Entonces le aconsejo que regrese allí y permanezca localizable por si necesito su ayuda. No deseo alentar en usted falsas esperanzas, pero puede estar seguro de que se hará todo lo posible para proteger a lady Frances. De momento, no puedo decirle nada más. Le dejaré mi tarjeta para que pueda ponerse en contacto con nosotros. Ahora, Watson, mientras hace las maletas telegrafiaré a la señora Hudson para que mañana a las siete y media reciba a dos viajeros hambrientos de la mejor manera posible.

❧

Un telegrama nos esperaba cuando llegamos a nuestras habitaciones de Baker Street; Holmes lo leyó con una exclamación de interés y me lo alargó. «Desgarrada o arrancada», rezaba el mensaje procedente de Baden.

—¿Qué significa esto? —pregunté.

—Lo significa todo —respondió Holmes—. Tal vez recuerde mi aparentemente irrelevante pregunta acerca de la oreja izquierda de aquel pío caballero. No me respondió a ella.

—Acababa de marcharse de Baden y no pude averiguarlo.

—Exacto. Por esa razón le envié un duplicado del telegrama al gerente del Englischer Hof, cuya respuesta tenemos aquí.

—¿Y qué demuestra eso?

—Lo que demuestra, mi querido Watson, es que nos enfrentamos a un hombre excepcionalmente astuto y peligroso. El reverendo Dr. Shlessinger, misionero de Sudamérica, no es otro que Holy Peters, el rufián más carente de escrúpulos que haya producido Australia... Y eso que, para ser un país tan joven, ha producido ejemplares de lo más perfeccionados. Su especialidad consiste en engatusar a damas solitarias jugando con sus sentimientos religiosos, algo en lo que su supuesta mujer, una inglesa llamada Fraser, supone una valiosa colaboradora. La naturaleza de sus estrategias me sugirió su identidad, y su peculiaridad física —fue mordido gravemente en una pelea en un *saloon* de Adelaida en el 89— confirmó mis sospechas. Nuestra desafortunada dama se encuentra en manos de una pareja infernal que no se andará con contemplaciones. Es muy probable, incluso, que ya esté muerta. Si no lo está, sin duda se encuentra confinada en algún lugar y no puede escribir a la señorita Dobney ni a sus otros amigos. También es posible que nunca llegara a Londres, o que pasara de largo; la primera suposición es poco probable, ya que es difícil que los extranjeros burlen a la policía continental y su sistema de registro. La segunda opción también resulta poco probable, dado que esos malhechores no tendrían muchas esperanzas de encontrar un lugar mejor que Londres para mantener a una persona secuestrada. Todos mis instintos me dicen que aún se encuentra en Londres, pero, como en este momento no podemos asegurar dónde, solo podremos dar los pasos más obvios, tomar nuestra cena y armarnos de paciencia. Más tarde, me acercaré a ver a nuestro amigo Lestrade en Scotland Yard.

Pero ni la policía ni la pequeña, pero eficiente, organización de Holmes fueron suficientes para aclarar el misterio. Las tres personas que buscábamos se habían difuminado entre los millones de habitantes que abarrotaban Londres, como si nunca hubiesen existido. Se probó a publicar anuncios, que no obtuvieron ningún fruto. Se siguieron pistas que no llevaban a ningún sitio. Registramos sin éxito todos los garitos criminales que frecuentaba

Shlessinger. Se vigilaba a sus antiguos socios, pero se mantenían alejados de él. Y entonces, de repente, después de una semana de tensión infructuosa, surgió un rayo de luz. Un pendiente de plata y brillantes, de diseño español antiguo, se había empeñado en Bevington's, en Westminster Road. Lo había empeñado un hombre corpulento, bien afeitado y de aspecto clerical. Como se demostró posteriormente, el nombre y dirección que había facilitado eran completamente falsos. Nadie se había fijado en su oreja, pero la descripción encajaba perfectamente con Shlessinger.

Nuestro barbudo amigo, que se alojaba en el Langham, vino a visitarnos tres veces, deseoso de conocer las noticias; la tercera de aquellas visitas se produjo poco después de este nuevo descubrimiento. Su ropa empezaba a quedarle floja en aquel enorme cuerpo. Parecía que se marchitaba de ansiedad. «¡Si me dieran algo que hacer!», era su queja constante. Por fin Holmes pudo complacerle.

—Ha comenzado a empeñar las joyas. Tenemos que atraparle ya.

—Pero ¿eso significa que lady Frances ha sufrido algún daño?

Holmes meneó la cabeza, con una expresión seria.

—Suponiendo que haya permanecido cautiva hasta ahora, está claro que si la dejan libre significaría su ruina. Debemos prepararnos para lo peor.

—¿Qué puedo hacer?

—¿Esta gente sabe qué aspecto tiene usted?

—No.

—Es posible que acuda a otra tienda de empeños en el futuro. En ese caso, tendremos que comenzar de nuevo. Por otro lado, ha obtenido un precio justo y no le han hecho preguntas, así que si vuelve a necesitar dinero con urgencia probablemente regresará a Bevington's. Les haré llegar una nota y le permitirán que espere en la tienda. Si el tipo aparece, sígale hasta su casa. Pero no cometa ninguna indiscreción y, por encima de todo, nada de violencia. Confío en su honor para que no dé ningún paso sin mi conocimiento y autorización.

Durante dos días, el honorable Philip Green (debo mencionar que se trataba del hijo del famoso almirante del mismo nombre que había capitaneado la flota del mar de Azof durante la guerra de Crimea) no nos trajo noticias.

La tarde del tercer día irrumpió en nuestra sala de estar pálido, tembloroso, con todos los músculos de su poderoso corpachón temblando de excitación.

—¡Ya le tenemos! ¡Ya le tenemos! —exclamó.

Estaba tan agitado que no decía más que incoherencias. Holmes lo calmó con unas pocas palabras, empujándole a un sofá.

—Vamos, vamos, cuéntenos todo desde el principio —dijo.

—Ella vino hace solo una hora. Esta vez era su mujer, pero el pendiente que trajo era la pareja del otro. Es una mujer alta y pálida, con ojos de hurón.

—Es ella, en efecto.

—Salió de la casa de empeños y yo la seguí. Subió por Kennington Road, y yo tras ella. Entró en otro establecimiento, señor Holmes, era una funeraria.

Mi compañero dio un respingo.

—¿Y bien? —preguntó, con aquella voz vibrante que delataba el alma feroz que se ocultaba bajo un rostro frío y gris.

—Hablaba con la mujer que estaba detrás del mostrador. Yo entré también. Oí que decía «se hace tarde», o algo similar. La mujer se estaba disculpando: «Tendría que estar ya allí», respondió. «Nos ha llevado más tiempo del habitual, era un encargo que se salía de lo corriente.» Ambas se callaron y se quedaron mirándome, así que pregunté lo primero que se me ocurrió y salí del establecimiento.

—Lo ha hecho extraordinariamente bien. ¿Qué ocurrió a continuación?

—La mujer salió también y yo me escondí en un portal. Creo que he despertado sus sospechas, porque miró a su alrededor. Entonces llamó a un coche y subió. Tuve la suerte de conseguir otro y la seguí. Finalmente, se apeó en el número 36 de Poultney Square, en Brixton. Pasé de largo, me bajé del coche en la esquina de la plaza y me dispuse a observar la casa.

—¿Vio usted a alguien?

—Todas las ventanas permanecían a oscuras, excepto una situada en el piso de abajo. Habían bajado las cortinas, así que no podía ver lo que ocurría dentro. Estaba allí de pie, preguntándome qué iba a hacer a continuación, cuando apareció un carromato cubierto en el que viajaban dos hombres. Descendieron del vehículo, tomaron algo del carromato y lo subieron por los peldaños de la puerta de entrada. ¡Era un ataúd, señor Holmes!

—¡Ah!

—Por un instante estuve a punto de abalanzarme y entrar en la casa. Habían abierto la puerta para franquear el paso a los hombres y su carga. Fue la mujer quien abrió. Pero miró en mi dirección y creo que me reconoció. La vi dar un respingo y cerrar apresuradamente la puerta. Recordé lo que le había prometido y aquí me tiene.

—Ha realizado un trabajo excelente —dijo Holmes, garabateando unas pocas palabras en un trozo de papel—. Si queremos mantenernos dentro de la legalidad no podemos hacer nada sin una orden judicial, así que lo mejor que puede hacer usted para servir a la causa es llevar esta nota a las autoridades y conseguir una. Quizá encuentre algunas dificultades, pero creo que la venta de las joyas será suficiente. Lestrade se ocupará de todos los detalles.

—Pero mientras tanto pueden asesinarla. ¿Qué otra cosa puede significar el ataúd y para quién puede ir destinado, si no es para ella?

—Haremos todo lo posible, señor Green. No perderemos ni un segundo. Déjelo en nuestras manos. Ahora, Watson —añadió, mientras nuestro cliente se marchaba a toda prisa—, pondrá en movimiento a las fuerzas regulares. Nosotros somos, como siempre, los irregulares, y seguiremos nuestra propia estrategia. La situación se me antoja tan desesperada que veo justificadas las medidas más extremas. No debemos perder ni un momento en llegar a Poultney Square.

ᦔᦕ

—Tratemos de reconstruir la situación —dijo, mientras nuestro coche pasaba a toda velocidad por delante del Parlamento y atravesaba el puente de Westminster—. Una vez la separaron de su fiel doncella, estos villanos convencieron a nuestra infeliz dama para que viniese a Londres. Si ha escrito alguna carta, habrá sido diligentemente interceptada. Han alquilado una casa amueblada con la ayuda de un cómplice. Una vez dentro, convirtieron a lady Frances en su cautiva, tomando posesión de las valiosas joyas, que eran su objetivo desde un principio. Ya han comenzado a vender algunas de ellas, creyendo que no corrían ningún peligro de ser descubiertos, ya que no albergan razones para creer que alguien se preocupe por el destino de su prisionera. Por supuesto, cuando la liberen, ella los denunciará. Por lo tanto, no la liberarán. Pero no la pueden mantener encerrada eternamente. Así que la única solución es asesinarla.

—Parece evidente.

—Sigamos ahora otro razonamiento. Cuando se siguen dos líneas deductivas diferentes, Watson, es muy posible encontrar un punto común entre ambas que se aproxime mucho a la verdad. Ahora partiremos no de la dama, sino del ataúd, en un ejercicio de razonamiento inverso. Me temo que el incidente del ataúd demuestra, más allá de cualquier duda, que la dama ha muerto. También apunta a un enterramiento ortodoxo, con el correspondiente certificado médico y la autorización oficial. Si la dama hubiese sido asesinada, la habrían enterrado en un agujero del jardín de atrás. Pero en este caso lo están haciendo abiertamente, de acuerdo a la ley. ¿Qué significa eso? Seguramente que le causaron la muerte de tal forma que consiguieron engañar al doctor, simulando una muerte natural... empleando veneno, quizá. A pesar de todo, resulta extraño que dejasen que un médico se acercase a ella, a no ser que se tratara también de un cómplice, lo cual es poco creíble.

—¿No podrían haber falsificado un certificado médico?

—Peligroso, Watson, muy peligroso. No, no me los imagino haciendo tal cosa. ¡Deténgase, cochero! Evidentemente, esa es la funeraria, porque acabamos de pasar por delante de la casa de empeños. ¿Le importaría entrar usted, Watson? Su aspecto inspira confianza. Pregunte a qué hora de mañana tendrá lugar el funeral de Poultney Square.

La mujer del establecimiento me respondió sin vacilar que se celebraría a las ocho de la mañana.

—Ya ve, Watson, no hay misterio. ¡Todo está en regla! De algún modo han cumplido con todos los requisitos legales, están convencidos de que tienen poco que temer. Bien, no nos queda más que ejecutar un ataque frontal. ¿Va armado?

—¡Mi bastón!

—Bien, bien, será suficiente. «Va tres veces armado quien lucha por una causa justa.» Sencillamente, no podemos permitirnos esperar a la policía, o mantenernos dentro de las cuatro esquinas de la ley. Puede irse, cochero. Ahora, Watson, probaremos nuestra suerte, como ya hicimos otras veces en el pasado. Llamó con insistencia a la puerta de la gran casa oscura que ocupaba el centro de Poultney Square. Abrieron inmediatamente y la silueta de una mujer alta apareció recortada contra el vestíbulo, tenuemente iluminado.

—¿Y bien? ¿Qué quieren? —preguntó secamente, escudriñándonos en la oscuridad.

—Desearía hablar con el doctor Shlessinger —dijo Holmes.

—Aquí no vive nadie con ese nombre —respondió, intentando cerrar la puerta, lo que no pudo conseguir porque Holmes la había obstruido con el pie.

—Entonces quiero ver al hombre que vive aquí, se llame como se llame —dijo Holmes firmemente.

Ella dudó. Entonces abrió la puerta de par en par.

—¡Muy bien, adelante! —dijo—. Mi marido no tiene miedo de enfrentarse a nadie en el mundo. —Cerró la puerta detrás de nosotros y nos condujo a una sala de estar situada a la derecha del vestíbulo, avivando la lamparilla de gas al dejarnos—. El señor Peters estará con ustedes en un momento —dijo.

Sus palabras resultaron ser literalmente ciertas, puesto que apenas tuvimos tiempo para echarle un vistazo a la polvorienta y apolillada estancia en la que nos encontrábamos, cuando la puerta se abrió, dejando entrar a un hombre corpulento, bien afeitado y calvo. Tenía un gran rostro rubicundo, de mejillas caídas y un aire de superficial benevolencia, arruinado por una boca cruel y despiadada.

—Caballeros, sin duda se trata de un error —dijo con un empalagoso tono de voz, como si con ello nos facilitase las cosas—. Me temo que se han dirigido a la persona equivocada. Quizá si probasen más abajo de la calle...

—Basta; no tenemos tiempo que perder —dijo mi companero con firmeza—. Usted es Henry Peters, de Adelaida, últimamente conocido como el reverendo doctor Shlessinger, de Baden y Sudamérica. Estoy tan seguro de eso como de que me llamo Sherlock Holmes.

Peters, como le llamaré de ahora en adelante, se quedó atónito, mirando fijamente a su formidable perseguidor.

—Me temo que su nombre no me asusta, señor Holmes —dijo fríamente—. Cuando un hombre tiene la conciencia tranquila, no se le alarma fácilmente. ¿Qué ha venido a buscar a mi casa?

—Quiero saber qué han hecho con lady Frances Carfax, a quien se llevaron de Baden.

—Le agradecería que me dijese usted dónde se encuentra esa dama —respondió fríamente Peters—. No me ha pagado una factura por valor de cien libras, y como única compensación recibí dos pendientes de bisutería que en las casas de empeño no se dignan ni a mirar. Se encariñó con la señora Peters y conmigo en Baden (yo utilizaba otro nombre entonces), y se unió a nosotros en nuestro viaje de regreso a Londres. Pagué su factura y su billete de regreso. Una vez en Londres, desapareció y, como ya le he dicho, nos dejó estas anticuadas alhajas en compensación por sus facturas. Si la encuentra, señor Holmes, estaré en deuda con usted.

—Voy a encontrarla —dijo Sherlock Holmes—. Voy a registrar esta casa hasta que aparezca.

—¿Trae una orden judicial?

Holmes dejó ver un revólver que guardaba en su bolsillo.

—Esto servirá hasta que consiga algo mejor.

—Vaya, así que es usted un vulgar ladrón.

—Puede calificarme de tal, si quiere —dijo Holmes alegremente—. Mi compañero es también un peligroso rufián. Y vamos a registrar la casa los dos juntos.

Nuestro adversario abrió la puerta.

—¡Llama a la policía, Annie! —dijo. Atisbé por el pasillo un rápido agitar de faldas femeninas y se oyó el abrir y cerrar de una puerta.

—Se nos acaba el tiempo, Watson —dijo Holmes—. Si intenta detenernos, Peters, puede estar seguro de que resultará herido. ¿Dónde se encuentra el ataúd que ha traído a su casa?

—¿Para qué quiere el ataúd? Ahora mismo está en uso. Hay un cuerpo en su interior.

—Tengo que ver el cadáver.

—Nunca con mi consentimiento.

—Entonces será sin él.

Con un movimiento rápido, Holmes empujó al tipo a un lado y se precipitó al vestíbulo. Justo delante de nosotros había una puerta entreabierta. Entramos. Era el comedor. En la mesa, debajo de una lámpara de araña a media luz, se encontraba el ataúd. Holmes subió el gas y levantó la tapa. En el fondo del ataúd yacía una figura consumida. El resplandor de las luces del techo se derramaba sobre un rostro envejecido y marchito. Ningún proceso imaginable de crueldad, hambre o enfermedad podría haber reducido a la aún hermosa lady Frances a estos restos ajados. La expresión de Holmes delató su sorpresa y, también, su alivio.

—¡Gracias a Dios! —murmuró—. No es ella.

—Ah, por una vez ha cometido una grave equivocación, señor Sherlock Holmes —dijo Peters, que nos había seguido hasta la habitación.

—¿Quién es la fallecida?

—Bueno, si de verdad quiere saberlo, se trata de la antigua niñera de mi esposa, se llamaba Rose Spender. La encontramos en la enfermería del hogar para pobres de Brixton. La trajimos hasta aquí, llamamos al doctor Horsom, del 13 de Firbank Villas (anote la dirección, señor Holmes), y le prodigamos toda clase de atenciones, como buenos cristianos que somos. Murió al tercer día... de pura senilidad, según puede comprobar en el certificado... Pero esa es solo la opinión del doctor. Por supuesto, usted sabrá más que él. Encargamos su funeral a Stimson and Co., de Kennington Road, quienes la enterrarán mañana por la mañana, a las ocho en punto. ¿Ve algo sospechoso en todo esto, señor Holmes? Ha cometido un estúpido error y lo mínimo que podría hacer es admitirlo. Daría lo que fuese por conseguir una fotografía de su cara boquiabierta y perpleja cuando levantó la tapa del ataúd, esperando encontrar a lady Frances Carfax para acabar hallando a una pobre anciana de noventa años.

La expresión de Holmes permanecía tan impasible como siempre ante las burlas de su antagonista, pero sus puños cerrados delataban su profunda irritación.

—Voy a registrar su casa —dijo.

—¿Esas tenemos? —exclamó Peters, cuando se oyó por el pasillo la voz de una mujer y unos pasos pesados—. Pronto lo veremos. Pasen por aquí si son tan amables, oficiales. Estos hombres han entrado a la fuerza en mi casa y no puedo librarme de ellos. Ayúdenme a echarles de aquí.

Un sargento y un agente aparecieron en el umbral. Holmes sacó una tarjeta de visita.

—Estos son mi nombre y mi dirección. Este es mi amigo, el doctor Watson.

—Dios bendito, le conocemos muy bien —dijo el sargento—. Pero no puede permanecer aquí sin una orden judicial.

—Por supuesto que no. Lo entiendo.

—¡Arréstenle! —exclamó Peters.

—Sabemos dónde encontrar a este caballero si fuera necesario —dijo, muy digno, el sargento—. Tendrá que irse, señor Holmes.

—Sí, Watson, debemos irnos.

Un minuto después nos encontramos en la calle, una vez más. Holmes permanecía tan impasible como siempre, pero yo me encontraba acalorado por la rabia y la humillación sufridas. El sargento nos había seguido.

—Lo siento, señor Holmes, pero es la ley.

—Desde luego, sargento, no podía obrar usted de otro modo.

—Espero que tuviese usted alguna buena razón para justificar su presencia en esta casa. Si hay algo que yo pueda hacer...

—Se trata de una dama desaparecida, sargento. Creemos que se encuentra en esa casa. Espero obtener una orden judicial lo antes posible.

—En ese caso no perderé de vista a esa gente, señor Holmes. Si ocurre algo, se lo haré saber.

Eran solo las nueve de la noche, así que nos lanzamos de nuevo sobre la pista. Primero nos dirigimos a la enfermería de la casa de caridad de Brixton, donde descubrimos que era cierto que una caritativa pareja había visitado la institución algunos días antes, había reclamado a una vieja chocha como su antigua sirvienta y había obtenido un permiso para llevársela con ellos. No manifestaron sorpresa alguna cuando supieron que la anciana había muerto.

El doctor era nuestro siguiente objetivo. Le habían llamado, encontró a la anciana muriéndose de pura senilidad, certificó su muerte y firmó el acta de defunción, como correspondía. «Le aseguro que todo era perfectamente normal y que no hubo posibilidad de juego sucio en todo el asunto», dijo. Nadie de la casa levantó sus sospechas, salvo que «resultaba curioso que personas de su clase social no tuvieran servidumbre».

Finalmente, nos dirigimos a Scotland Yard. Habían surgido dificultades en la tramitación de nuestra orden judicial. Se produciría un inevitable retraso. La firma del juez no se obtendría hasta la mañana siguiente. Si Holmes se presentaba a las nueve de la mañana, podría acompañar a Lestrade para presenciar su puesta en ejecución. El día acabó sin más incidentes, exceptuando que, alrededor de la medianoche, nuestro amigo el sargento vino para decirnos que había visto luces parpadeando aquí y allá en las ventanas del oscuro caserón, pero que nadie había salido ni entrado. Lo único que podíamos hacer era armarnos de paciencia y esperar al amanecer.

Sherlock Holmes se encontraba demasiado irritable para conversar y demasiado inquieto para dormir. Le dejé fumando ávidamente, con su pesado y oscuro ceño fruncido y sus largos y nerviosos dedos tamborileando en los brazos de su butaca, mientras le daba vueltas en su cabeza a toda solución posible del asunto. Durante el transcurso de la noche oí cómo en varias ocasiones daba vueltas alrededor de la casa. Finalmente, justo cuando acababa de despertarme, irrumpió en mi habitación. Llevaba puesto el batín, pero su pálido rostro y sus ojos hundidos me revelaron que había pasado la noche en vela.

—¿A qué hora se celebraba el funeral? ¿A las ocho? —preguntó, con ansiedad—. Bien, ahora son las siete y veinte. Santo Cielo, Watson, ¿qué le ha ocurrido a ese cerebro que Dios me ha dado? ¡Rápido, hombre, rápido! Es cuestión de vida o muerte; cien probabilidades a favor de la muerte contra una a favor de la vida. ¡Si llegamos tarde no podré perdonármelo nunca! ¡Nunca!

No habían pasado ni cinco minutos y ya volábamos en un cabriolé Baker Street abajo. Pero, a pesar de ello, eran ya las ocho menos veinticinco cuando pasamos por delante del Big Ben, y sonaron las ocho en el momento en que nos lanzamos por Brixton Road. Sin embargo, hubo quien llegó tarde, como nosotros. Diez minutos después de que diesen las ocho, la carroza fúnebre aún permanecía delante de la casa, y en el instante en que nuestro caballo, echando espuma por la boca, se detuvo, aparecieron tres hombres cargando con el ataúd. Holmes salió disparado y les cortó el paso.

—¡Vuelvan atrás! —exclamó, posando su mano en el pecho del hombre que iba delante—. ¡Vuelvan atrás ahora mismo!

—¿Qué demonios significa esto? Le vuelvo a preguntar una vez más: ¿dónde está su orden judicial? —gritó un furioso Peters desde el otro extremo del féretro, con el rostro colorado y brillante.

—La orden está en camino. Este ataúd debe permanecer en la casa hasta que llegue.

La autoridad de la voz de Holmes produjo su efecto sobre los hombres que portaban el féretro. De repente, Peters se había desvanecido en el interior de la casa y obedecieron estas nuevas órdenes.

—¡Rápido, Watson, rápido! ¡Aquí tengo un destornillador! —gritó, mientras volvían a colocar el ataúd sobre la mesa—. ¡Aquí tengo otro para usted, amigo mío! ¡Un soberano para cada uno si levantamos la tapa en menos de un minuto! ¡No hagan preguntas y pónganse manos a la obra! ¡Así, muy bien! ¡Otro! ¡Y otro! ¡Ahora tiren todos juntos! ¡Está cediendo! ¡Está cediendo! ¡Ah, por fin lo hemos conseguido!

Con un esfuerzo conjunto levantamos la tapa del féretro. Al hacerlo, emanó de su interior un mareante y sofocante olor a cloroformo. Un cuerpo yacía en el interior, la cabeza envuelta en algodón hidrófilo empapado en narcótico. Holmes lo arrancó, dejando al descubierto el rostro, como esculpido, de una hermosa y espiritual dama de mediana edad. En un instante había rodeado el cuerpo con su brazo, incorporándolo hasta sentarlo.

—¿Ha muerto, Watson? ¿Queda alguna chispa de vida? ¡Espero que no hayamos llegado demasiado tarde!

Durante media hora pareció que sí, que habíamos llegado tarde. Era como si la asfixia y los vapores del cloroformo hubieran llevado a lady Frances más allá del punto de no retorno. Pero por fin, gracias a la respiración artificial, las inyecciones de éter y todos los recursos que la ciencia ponía a nuestra disposición, un hálito de vida, un temblor en los párpados, un poco de vaho en un espejo nos indicaron que recuperaba el vigor poco a poco. Había llegado un coche y Holmes, separando las cortinas, lo miró.

—Aquí llega Lestrade con su orden judicial —dijo—. Descubrirá que los pájaros han volado. Y aquí —añadió, al oír unos pasos pesados que se apresuraban por el pasillo— llega alguien que tiene más derecho que nosotros a cuidar a esta dama. Buenos días, señor Green; creo que cuanto antes podamos llevarnos a lady Frances de aquí, mejor. Mientras tanto, pueden continuar con el funeral y que la pobre anciana que aún yace en ese ataúd vaya por fin, sola, a su último descanso.

—Si alguna vez decide incorporar este caso en sus crónicas, mi querido Watson —dijo Holmes aquella noche—, hágalo solo como demostración de que hasta la mente más equilibrada puede sufrir un eclipse momentáneo. Estos deslices son comunes a todos los mortales y solo los más grandes saben reconocerlos y ponerles remedio. Quizá yo merezca un lugar entre ellos. Pasé toda la noche obsesionado con la idea de que, en algún momento, se me había pasado por alto una pista, una frase extraña, una observación curiosa. Entonces, de repente, en el primer albor de la mañana, unas palabras volvieron a mi memoria. Se trataba de un comentario que Philip Green le oyó decir a la esposa del enterrador. Ella había dicho: «Nos ha llevado más tiempo del habitual, era un encargo que se salía de lo corriente». Se refería al ataúd, eso era lo que se salía de lo corriente, lo cual solo podía significar que se había fabricado siguiendo unas medidas especiales. Pero ¿por qué? ¿Por qué? Entonces recordé lo profundo que era, y la pequeña figura consumida que yacía en el fondo. ¿Por qué razón iban a emplear un ataúd tan grande para enterrar un cadáver tan pequeño? Pues para dejar espacio para otro cuerpo. Iban a enterrarlos a los dos empleando el mismo certificado de defunción. Si una venda no me hubiese cubierto los ojos, lo habría visto claro. Enterrarían a lady Frances a las ocho. Nuestra única oportunidad era detener el féretro antes de que abandonase la casa.

»Solo teníamos una desesperada oportunidad de encontrarla viva, pero al menos era una oportunidad, como se demostró finalmente. Aquella gente nunca había asesinado a nadie, que yo sepa. Quizá se resistieron a emplear la violencia. Podían enterrarla sin dejar rastros de cómo había muerto, e, incluso aunque sus restos fuesen exhumados, aún les quedaba una posibilidad de salir indemnes. Yo esperaba que tuvieran en cuenta estas consideraciones y obrasen en consecuencia. Puede reconstruir la escena bastante bien. Ya vio el cuartucho espantoso donde habían encerrado a la pobre dama durante tanto tiempo. Irrumpieron en él y la aturdieron con el cloroformo, la llevaron hasta el piso de abajo, vertieron más cloroformo en el féretro para asegurarse de que no se despertara y entonces atornillaron la tapa. Un truco ingenioso, Watson. No había conocido ningún caso similar en la historia del crimen. Si nuestros amigos exmisioneros escapan a las garras de Lestrade, espero enterarme de nuevos y brillantes incidentes en su futura carrera.

La aventura de la pezuña del diablo

De vez en cuando, a la hora de plasmar sobre el papel algunas de las extrañas experiencias e interesantes recuerdos que asocio con mi larga y estrecha amistad con el señor Sherlock Holmes, me he topado constantemente con las dificultades que me ha causado su aversión a la publicidad. Para su carácter austero y cínico, todo aplauso popular resulta aborrecible y nada le divertía más que, al cerrar un caso con éxito, cederle el protagonismo a algún agente de policía y escuchar con una sonrisa burlona el coro general de felicitaciones equivocadas. Ha sido esta actitud de mi amigo, y no la falta de material interesante, lo que ha provocado que en los últimos años muy pocos de mis relatos hayan llegado al público. Mi participación en algunas de sus aventuras siempre ha sido un privilegio que me ha exigido discreción y reserva.

Es por esto que me quedé enormemente sorprendido cuando el martes pasado recibí un telegrama de Holmes —nunca escribía una carta cuando podía enviar un telegrama— que decía lo siguiente:

> ¿Por qué no publica el horror de Cornualles? Es el caso más extraño que ha caído en mis manos.

Ignoro qué recuerdos habían acudido a su memoria, arrastrando con ellos este asunto, o por qué capricho deseaba que yo lo narrase; el caso es que, antes de que llegara un telegrama cancelando el primero, me apresuré a rebuscar las notas que contenían los detalles exactos del caso, con el propósito de presentar dicha aventura a mis lectores.

Era la primavera de 1897, cuando la férrea constitución de Holmes mostró algunos síntomas de debilitamiento ante el constante, duro y agotador trabajo al que se veía sometido, agravado, quizá, por sus propios y ocasionales excesos. En marzo de aquel año, el doctor Moore Agar, de Harley Street, quien conoció a Holmes en dramáticas circunstancias que quizá algún día relataré, ordenó tajantemente al famoso detective que dejara a un lado todos sus casos y se sometiese a reposo absoluto si quería evitar un colapso nervioso. Su estado de salud no era un asunto por el que Holmes se tomase el menor interés, ya que poseía una gran capacidad de abstracción mental, pero al final, bajo amenaza de quedar permanentemente inhabilitado para ejercer su profesión, aceptó buscar un cambio total de ambiente y de aires. Así, a principios de la primavera de aquel año, nos trasladamos a una casita de campo cerca de la bahía de Poldhu, al otro extremo de la península de Cornualles.

Era un lugar curioso, especialmente acorde con el sombrío humor de mi paciente. Desde las ventanas de nuestra casita encalada, construida en lo alto de un promontorio muy verde, dominábamos el siniestro semicírculo de la bahía de Mounts, aquella antigua trampa para veleros, con su hilera de acantilados negros y arrecifes barridos por las olas en los que habían encontrado la muerte innumerables marineros. Cuando sopla viento del norte, la bahía permanece tranquila y recogida, invitando al navío sacudido por la tempestad a virar hacia ella en busca de descanso y protección.

Pero luego se desata un súbito remolino de viento, las ráfagas huracanadas soplan desde el sudoeste, el ancla arrancada, la orilla a sotavento y la última batalla contra el rompiente espumoso. El marinero prudente se mantiene alejado de aquel lugar maldito.

La zona interior de nuestro entorno era tan sombría como la que daba al mar. Era un país de páramos ondulantes, solitarios y grises, en los que de vez en cuando aparecía la torre de una iglesia señalando el emplazamiento de alguna aldea surgida de tiempos pasados. Si uno se adentraba en los páramos en cualquier dirección, se topaba con los vestigios de alguna raza ya desaparecida que había dejado como único testigo de su paso por el mundo aquellos extraños monumentos de piedra, montículos irregulares que contenían las cenizas de muertos incinerados, y curiosas construcciones de tierra que sugerían encarnizadas luchas prehistóricas. El embrujo y misterio de la región, con su siniestra atmósfera de naciones olvidadas, atraía la imaginación de mi amigo, que pasaba la mayor parte de su tiempo dando largos paseos y sumiéndose en solitarias meditaciones en los páramos. El antiguo idioma de Cornualles también había atraído su atención, y recuerdo que había concebido la idea de que era muy similar al caldeo y que había derivado de los comerciantes de estaño fenicios. Recibió un envío de libros de filología y se disponía a desarrollar su tesis cuando, de repente, para mi disgusto y su indisimulado placer, nos encontramos, incluso en aquella tierra de los sueños, inmersos en un problema acaecido en nuestra propia puerta, más intenso, más absorbente e infinitamente más misterioso que cualquiera de aquellos que nos habían hecho salir de Londres. Nuestra vida sencilla y nuestra pacífica y saludable rutina fueron violentamente interrumpidas y nos vimos arrastrados al centro de una serie de acontecimientos que provocaron una extrema agitación no solo en Cornualles, sino en toda la zona occidental de Inglaterra. Quizá muchos de mis lectores recuerden lo que en aquella época se llamó «el horror de Cornualles», aunque a la prensa londinense no llegó más que un relato incompleto del asunto. Ahora que han transcurrido trece años, daré a conocer públicamente los auténticos detalles de aquel caso increíble.

Ya he señalado que los campanarios desperdigados señalaban la ubicación de las aldeas que salpicaban aquella parte de Cornualles. La más cercana era la de Tredannick Wollas, donde las casas de campo de un par de cientos de habitantes se arracimaban alrededor de una antigua iglesia cubierta de musgo. El vicario de la parroquia, el señor Roundhay, ejercía de arqueólogo aficionado, y, como tal, trabó amistad con Holmes. Era un hombre de mediana edad, afable, con un conocimiento considerable de las tradiciones locales. Nos invitó a tomar el té en su vicaría, donde conocimos al señor Mortimer Tregennis, un caballero independiente que contribuía a incrementar los magros ingresos del sacerdote alquilando unas habitaciones en su enorme y destartalada casa. El vicario, que era soltero, estaba encantado de haber llegado a un acuerdo de este tipo, aunque poco tenía en común con ese hombre delgado, moreno, con gafas y un encorvamiento en la espalda que daba la impresión de tratarse de una verdadera deformidad física. Recuerdo que durante nuestra breve visita encontramos al vicario locuaz, pero su inquilino mantenía una actitud extrañamente reservada, un tipo introvertido, de expresión triste, sentado con la mirada esquiva, aparentemente absorto en sus propios asuntos.

Estos eran los dos hombres que irrumpieron abruptamente en nuestra salita de estar el martes 16 de marzo, mientras fumábamos juntos poco después del desayuno y nos preparábamos para nuestra excursión diaria a los páramos.

—Señor Holmes —dijo el vicario, con voz agitada—, durante la noche ha ocurrido un suceso de lo más trágico y extraordinario. Es algo de verdad insólito. No podemos sino considerar como un don de la Providencia que se encuentre usted aquí, con nosotros; no hay en toda Inglaterra un hombre al que necesitemos más que a usted.

Lancé al vicario intruso una mirada poco amistosa; pero Holmes se quitó la pipa de los labios y se irguió en su silla como un sabueso que oye el grito del cazador. Hizo un gesto con la mano señalando el sofá, y nuestro acalorado visitante, junto con su agitado compañero, se sentaron juntos en él. El señor Mortimer Tregennis controlaba mejor sus nervios que el vicario, pero la crispación de sus manos delgadas y el brillo de sus ojos oscuros demostraban que compartían la misma emoción.

—¿Habla usted o lo hago yo? —le preguntó al vicario.

—Bueno, puesto que usted hizo el descubrimiento, sea lo que fuere, y el vicario lo sabe todo de oídas, quizá es mejor que hable usted —dijo Holmes.

Miré al vicario, apresuradamente vestido, y luego al inquilino sentado junto a él, ataviado con su ropa más formal, y me divirtió comprobar cómo se habían sorprendido ante la sencilla deducción de Holmes.

—Quizá sería mejor que primero pronunciase unas palabras —dijo el vicario— y luego puede juzgar si desea escuchar los detalles de boca del señor Tregennis, o si deberíamos apresurarnos al escenario de este misterioso suceso. Les diré, pues, que nuestro amigo pasó la pasada noche en compañía de sus dos hermanos, Owen y George, y de su hermana Brenda, en su casa de Tredannick Wartha, que se encuentra cerca de la cruz de piedra, en el páramo. Les dejó allí poco después de las diez de la noche, jugando a las cartas en torno a la mesa del comedor, en un ambiente de buen humor y excelente salud. Como es un hombre madrugador, esta mañana, antes del desayuno, salió de paseo en aquella dirección y fue alcanzado por el coche del doctor Richards, que le explicó que le acababan de llamar para que acudiera urgentemente a Tredannick Wartha. Como es lógico, el señor Mortimer Tregennis subió con él. Cuando llegó a Tredannick Wartha, se encontró con una situación extraordinaria. Sus dos hermanos y su hermana se encontraban sentados alrededor de la mesa, exactamente como les había dejado, las cartas aún desplegadas ante ellos y las velas consumidas hasta la base. La hermana aparecía reclinada sobre su silla, muerta, mientras que los dos hermanos seguían sentados, uno a cada lado de ella, riendo, gritando y cantando, con el juicio ya perdido. Los tres, la mujer muerta y los dos hombres enloquecidos, tenían en el rostro una expresión de extremo horror, los rasgos retorcidos con un terror que daba miedo mirar. No había rastro de la presencia de nadie en la casa, excepto de la señora Porter, la vieja cocinera y ama de llaves, que declaró que había dormido profundamente y no había oído ningún ruido durante la noche. No se había robado ni desordenado nada, y no existe ninguna explicación sobre la naturaleza del espanto que asustó a una mujer hasta provocarle la muerte e hizo perder el juicio a dos hombres fuertes. Esta es, en dos palabras, la situación, señor Holmes, y si pudiese prestarnos su ayuda para esclarecer el caso, habrá realizado una gran obra.

Albergaba la esperanza de persuadir de algún modo a mi compañero para continuar con la vida tranquila que era el propósito de nuestro viaje; pero una sola mirada a la intensidad de su rostro y a sus cejas contraídas bastó para convencerme de que mi esperanza era en vano. Permaneció sentado en silencio durante algún tiempo, absorto en el extraño drama que había venido a romper nuestra paz.

—Le echaré un vistazo al asunto —dijo, al fin—. A primera vista, parece tratarse de un caso de naturaleza excepcional. ¿Ha estado ya allí, señor Roundhay?

—No, señor Holmes. El señor Tregennis me lo ha contado todo al volver a la parroquia, y al instante nos hemos apresurado a consultarle a usted.

—¿A qué distancia se encuentra la casa donde ocurrió esta peculiar tragedia?

—A una milla tierra adentro, más o menos.

—En ese caso iremos juntos hasta allí dando un paseo. Pero, antes de salir, debo hacerle algunas preguntas, señor Mortimer Tregennis.

El compañero del vicario había permanecido en silencio todo el tiempo, pero pude observar que, aunque dominaba mejor su agitación, esta era mayor que la molesta excitación del clérigo. Permanecía sentado con el rostro pálido y contraído, la mirada clavada ansiosamente en Holmes, y cerraba convulsivamente sus delgadas manos una sobre otra. Sus labios pálidos temblaban cuando escuchó la terrible desgracia que había caído sobre su familia y sus oscuros ojos parecían reflejar parte del horror de aquella escena.

—Pregunte cuanto guste, señor Holmes —dijo con ansiedad—. Es un tema del que se me hace muy difícil hablar, pero le diré la verdad.

—Hábleme de la pasada noche.

—Bueno, señor Holmes, cené allí, como ha dicho el vicario, y mi hermano mayor, George, propuso luego una partida de *whist*. Nos sentamos a jugar sobre las nueve de la noche. Eran las diez y cuarto cuando me levanté para irme. Los dejé alrededor de la mesa, tan alegres como pueda imaginarse.

—¿Quién le acompañó hasta la puerta?

—La señora Porter se había ido a la cama, así que salí yo solo. Cerré la puerta del vestíbulo desde fuera. La ventana de la estancia en la que se encontraban estaba cerrada, pero no habían echado la cortinilla. Esta mañana, tanto la puerta como la ventana seguían tal como las dejé, y tampoco hay razones para creer que un extraño haya entrado en la casa. Sin embargo, allí estaban, sentados, completamente locos de terror, y Brenda muerta de miedo, con la cabeza colgando sobre el brazo de la silla. No conseguiré librarme de la visión de aquella estancia en toda mi vida.

—Los hechos, tal como usted los presenta, son, desde luego, de lo más notables —dijo Holmes—. Doy por sentado que usted no se ha forjado una teoría que sirva de explicación.

—Es algo diabólico, señor Holmes. ¡Diabólico! —exclamó Mortimer Tregennis—. No es de este mundo. Algo entró en aquella habitación y apagó de un soplo la luz de la razón de sus cerebros. Nada que haya sido concebido por la mente humana podría haber hecho algo semejante.

—Me temo —dijo Holmes— que si el asunto se encuentra por encima de la humanidad, también estará por encima de mí. En cualquier caso, debemos agotar todas las explicaciones racionales antes de concebir una teoría como esa. En cuanto a usted, señor Tregennis, parece que por alguna razón no se sentía muy apegado a su familia, ya que ellos vivían juntos y usted lo hacía en habitaciones aparte.

—Así es, señor Holmes, aunque el asunto ya está pasado y olvidado. Éramos una familia de mineros de estaño en Redruth, pero vendimos nuestra empresa a una compañía más grande y nos retiramos con suficiente dinero para vivir. No puedo negar que se produjeron algunas desavenencias a la hora de repartir dicho dinero, desavenencias que nos separaron durante un tiempo, pero ya estaba todo olvidado, y ahora éramos los mejores amigos del mundo.

—Volviendo a la velada que pasaron juntos, ¿recuerda algo que pudiera arrojar alguna luz sobre la tragedia? Piense con cuidado, señor Tregennis, puesto que cualquier pista puede serme útil.

—No recuerdo nada en absoluto.

—¿Su familia se encontraba del humor habitual?

—Nunca les vi mejor.

—¿Era gente nerviosa? ¿En algún momento dieron muestras de aprensión ante un peligro inminente?

—No, ninguna en absoluto.

—¿Entonces no tiene nada que agregar, nada que pueda serme útil?

Mortimer Tregennis lo meditó seriamente durante unos instantes.

—Solo se me ocurre una cosa —dijo al fin—. Mientras estábamos sentados a la mesa yo le daba la espalda a la ventana, y mi hermano George, que era mi compañero de partida, estaba de cara a ella. Vi cómo en una ocasión se quedaba mirando fijamente por encima de mi hombro, así que me di la vuelta y miré también. La cortina no estaba echada y la ventana permanecía cerrada, pero pude vislumbrar los arbustos del prado, y por un momento me pareció que algo se movía entre ellos. Ni siquiera podría afirmar si se trataba de una persona o un animal, pero me pareció que algo se ocultaba allí. Cuando le pregunté qué estaba mirando, me respondió que él había tenido la misma sensación. Eso es todo lo que puedo decirle.

—¿No investigaron?

—No, en aquel momento no le dimos importancia.

—Entonces, se marchó sin tener ninguna premonición de que ocurriría esta desgracia.

—Ninguna en absoluto.

—No me acaba de quedar claro cómo se enteró de la noticia esta mañana tan temprano.

—Soy una persona madrugadora, y, por lo general, doy un paseo antes del desayuno. Esta mañana acababa de salir cuando me alcanzó el coche del doctor. Me dijo que la vieja señora Porter le había enviado un chico con un mensaje urgente. Subí de un salto al coche y continuamos hasta la casa. Cuando llegamos allí, entramos en aquella terrible habitación. Las velas y el fuego de la chimenea debían haberse consumido hacía horas, y ellos habían estado allí, a oscuras, hasta que amaneció. El doctor dijo que Brenda debía llevar al menos seis horas muerta. No había signos de violencia. Simplemente permanecía echada sobre el brazo de su silla, con aquella mirada en el rostro. George y Owen cantaban fragmentos de canciones, farfullando como si fuesen dos enormes simios. ¡Oh, era un espectáculo espantoso! No podía soportarlo, el doctor se había quedado blanco como el papel. Incluso se desplomó en una silla, como si se hubiese desmayado, y casi hemos tenido que atenderle a él también.

—¡Extraordinario! ¡Realmente extraordinario! —dijo Holmes, levantándose y tomando su sombrero—. Creo que quizá lo mejor sea dirigirnos a Tredannick Wartha sin más dilación. Confieso que rara vez me he enfrentado a un caso que, a primera vista, resultase tan singular.

☙❧

Nuestras primeras pesquisas de aquella mañana no sirvieron de mucho para el progreso de nuestra investigación. Sin embargo, nada más empezarlas se produjo un incidente que dejó en mi ánimo la más siniestra impresión. Accedíamos al lugar de la tragedia por un sendero rural estrecho y serpenteante. Caminábamos por él cuando pudimos apreciar el traqueteo de un coche que venía hacia nosotros, así que nos apartamos para dejarlo pasar. Cuando pasó junto a nosotros pude atisbar por la ventanilla cerrada un rostro horriblemente contorsionado y sonriente, que nos miraba. Aquellos ojos fijos y aquella mueca que sugería el crujir de dientes pasaron ante nosotros como una visión espantosa.

—¡Mis hermanos! —exclamó Mortimer Tregennis, lívido hasta los labios—. Se los llevan a Helston.

Nos volvimos, sobrecogidos, para mirar el negro carruaje que se alejaba dando tumbos. Después, dirigimos nuestros pasos hacia aquella casa maldita, donde habían encontrado su extraño destino.

Se trataba de una morada grande y llena de luz, más parecida a una mansión que a una casa de campo, con un estimable jardín donde, gracias al aire de Cornualles, brotaban innumerables flores primaverales. La ventana de la sala de estar daba a este jardín, y, según Mortimer Tregennis, era de allí de donde habría venido aquel ser maléfico que destrozó en un instante sus mentes de puro terror. Un pensativo Holmes caminó con cuidado entre los macizos de flores y luego se dirigió al sendero, antes de que entrásemos en el porche. Estaba tan absorto en sus pensamientos que recuerdo que tropezó con la regadera, derramando su contenido e inundando tanto nuestros pies como el sendero del jardín. En el interior de la casa nos esperaba el ama de llaves, la señora Porter, que, con la ayuda de una jovencita, atendía las necesidades de la familia. Respondió de buen grado a todas las

preguntas de Holmes. No oyó nada durante la noche. Últimamente la familia se encontraba de un excelente humor y nunca les había visto tan alegres y prósperos. Se desmayó de espanto cuando entró en la habitación por la mañana y vio aquella terrible reunión alrededor de la mesa. Cuando se recuperó, abrió la ventana de par en par para que entrara en la estancia el aire de la mañana, y después salió corriendo por el camino principal, desde donde envió a un joven granjero en busca del médico. La dama yacía en su cama, en el piso superior, si deseábamos verla. Se necesitaron cuatro hombres fuertes para meter a los hermanos en el coche del manicomio. No tenía intención de quedarse ni un día más en la casa, y aquella misma tarde partiría de allí para reencontrarse con su familia en St. Ives.

Subimos las escaleras y examinamos el cadáver. La señorita Brenda Tregennis había sido una muchacha muy hermosa, aunque ya bordeaba la madurez. Su rostro, de tez oscura y rasgos bien dibujados, era hermoso incluso ahora que estaba muerta, aunque aún se percibían los rastros de aquel ataque de terror que habría sido su última emoción humana. Desde su habitación bajamos a la sala de estar, donde aquella extraña tragedia había tenido lugar. En la chimenea se apilaban las cenizas carbonizadas del fuego nocturno. Las cuatro velas, quemadas y consumidas, aún estaban sobre la mesa, junto con las cartas, que estaban desperdigadas por su superficie. Se habían movido las sillas, colocándolas contra la pared, pero todo lo demás seguía como la víspera. Holmes caminó por la habitación con pasos ligeros y rápidos; se sentó en las diversas sillas, acercándolas y reconstruyendo sus ubicaciones. Comprobó la extensión de jardín que se podía ver desde allí; examinó el suelo, el techo y el hogar de la chimenea, pero en ningún momento pude apreciar el repentino brillo en sus ojos ni la contracción de sus labios, que eran las señales que me indicaban que había visto un destello de luz en la oscuridad.

—¿Por qué encendieron la chimenea? —preguntó en una ocasión—. ¿Encendían siempre el fuego en una habitación tan pequeña durante una noche primaveral?

Mortimer Tregennis explicó que la noche era fría y húmeda. Por esa razón se encendió el fuego después de que él llegara.

—¿Qué va a hacer ahora, señor Holmes? —preguntó. Mi amigo sonrió y apoyó su mano sobre mi brazo.

—Creo, Watson, que voy a reanudar esas sesiones de envenenamiento con tabaco que usted ha condenado tan frecuente y justamente —dijo—. Con su permiso, caballeros, regresaremos a nuestra casa de campo, porque no creo que aquí pueda descubrir nada digno de mención. Voy a darles vueltas en mi cabeza a los hechos, señor Tregennis, y, si se me ocurre alguna solución, tenga por seguro que me pondré en contacto con usted y el vicario. Por ahora, les deseo a ambos buenos días.

Regresamos a la casa de campo de Poldhu y Holmes no rompió su absoluto y ensimismado mutismo hasta después de pasar un buen rato acurrucado en el sillón, con su rostro demacrado y ascético apenas visible entre las volutas azules del humo de tabaco, las oscuras cejas fruncidas, la frente contraída y la mirada perdida a lo lejos. Por fin, dejó a un lado su pipa y se puso en pie de un salto.

—¡Es inútil, Watson! —dijo, con una risotada—. Vayamos juntos a dar un paseo por los acantilados, a buscar flechas de pedernal. Será más fácil que encontrar una pista en este asunto. Dejar que el cerebro trabaje sin disponer de suficiente material es como acelerar a fondo un motor. Acaba estallando en pedazos. Brisa marina, luz del sol y paciencia, Watson... Y todo se andará.

—Ahora, definamos con calma nuestra situación, Watson —continuó, mientras bordeábamos juntos los acantilados—. Aferrémonos a lo poco que conocemos; de este modo, cuando aparezcan nuevos hechos, seremos capaces de ubicarlos en su lugar correspondiente. En primer lugar, doy por sentado que ninguno de los dos está dispuesto a admitir una intrusión diabólica en un asunto humano. Comencemos por apartar por completo de nuestra mente esa posibilidad. Muy bien. Nos quedan, entonces, tres personas que han sido gravemente lastimadas por un agente humano, de forma consciente o inconsciente. Eso es terreno firme. Ahora bien, ¿cuándo ocurrió esto? Evidentemente, y dando por buena su historia, fue inmediatamente después de que el señor Mortimer Tregennis hubiera abandonado la estancia. Ese es un detalle muy importante. Hay que presumir que ocurrió solo unos minutos después. Las cartas aún permanecían sobre la mesa y ya había pasado la hora a la que solían acostarse. A pesar de este último detalle, no habían cambiado de posición ni habían retirado las sillas. Por lo tanto, insisto en que la tragedia tuvo lugar inmediatamente después de que se marchara, y no más tarde de las once de la noche.

»Nuestro siguiente, y obligado, paso es comprobar, hasta donde podamos, los movimientos de Mortimer Tregennis después de que abandonara la habitación. No resulta nada difícil, y parecen estar por encima de toda sospecha. Conociendo como conoce mis métodos, habrá advertido, sin duda, la burda estratagema de la regadera, mediante la cual obtuve una clara impresión de las huellas de sus pies, más clara que si hubiese empleado otro método. Quedaron dibujadas estupendamente en el sendero húmedo y arenoso. Recordará que la pasada noche también fue húmeda, y no representaba una tarea muy complicada, una vez obtenida una muestra de sus huellas, distinguir sus pisadas entre otras y seguir sus movimientos. Parece que se alejó caminando rápidamente en dirección a la vicaría.

»Por lo tanto, si Mortimer Tregennis desapareció de la escena y otro individuo atacó a los jugadores de cartas, ¿cómo podemos reconstruir el aspecto de la persona que infundió en ellos un terror semejante? Podemos descartar a la señora Porter. Evidentemente, es inofensiva. ¿Existe alguna prueba que demuestre que alguien se arrastró hasta la ventana del jardín y que, de algún modo, produjo en todo el que le vio una reacción tan terrible que les hizo perder la razón? La única sugerencia en ese sentido fue expresada por el propio Martin Tregennis, que afirma que su hermano le comentó que había visto movimiento en el jardín. Esto resulta, ciertamente, extraño, ya que la noche era lluviosa, nublada y oscura. Cualquiera que quisiera alarmar a esta gente se vería obligado a pegar el rostro contra la ventana para que pudiera ser visto. Hay un parterre de flores de tres pies de alto al otro lado de la ventana, pero ningún rastro de huellas de pies. Por tanto, es difícil concebir que alguien ajeno a la familia pudiera provocar en los tres hermanos una impresión tan terrible; tampoco hemos hallado ningún móvil plausible para un ataque tan extraño y elaborado. ¿Se da cuenta de las dificultades a las que nos enfrentamos, Watson?

—Demasiado bien —respondí, con convicción.

—Y, a pesar de todo, si dispusiéramos de algo más de material, podríamos demostrar que no son insalvables —dijo Holmes—. Me imagino, Watson, que en nuestros extensos archivos podríamos descubrir algún caso tan oscuro como este. Mientras tanto, dejaremos el asunto a un lado hasta que dispongamos de datos más precisos y dedicaremos el resto de la mañana a la persecución del hombre neolítico.

Es posible que ya haya mencionado el poder de abstracción mental que poseía mi amigo, pero nunca me maravilló tanto como en aquella mañana de primavera en Cornualles, cuando se pasó dos horas hablando sobre *celts,* puntas de flecha y restos diversos, con tanta despreocupación que no parecía que tuviésemos un siniestro misterio esperando a ser resuelto. Hasta que no regresamos aquella tarde a nuestra casa de campo, donde encontramos que nos aguardaba un visitante, nuestras mentes no volvieron a concentrarse en aquel asunto pendiente. Ninguno de los dos necesitábamos que nos dijesen quién era nuestro visitante. Aquel cuerpo enorme, aquel rostro agrietado y surcado de profundas cicatrices, con ojos llameantes y nariz de halcón, el cabello encrespado, que casi rozaba el techo de nuestra casa, la barba, dorada en los bordes y casi completamente cana cerca de los labios, salvo por las manchas de nicotina dejadas por su perpetuo cigarrillo…, todos aquellos rasgos eran tan conocidos en Londres como en África, y solo podían asociarse con la imponente personalidad del Dr. Leon Sterndale, el gran explorador y cazador de leones.

Sabíamos que se encontraba por la región, y una o dos veces habíamos visto su alta figura caminando por los senderos de los páramos. Sin embargo, no hizo nada para encontrarse con nosotros, ni a nosotros se nos hubiera ocurrido acercarnos a él, ya que era de dominio público su querencia por la soledad y el aislamiento, lo que le impulsaba a pasar gran parte de los intervalos entre una expedición y otra en un pequeño *bungalow* sepultado en el solitario bosque de Beauchamp Arriance. Allí, entre sus libros y sus mapas, llevaba una vida completamente solitaria, atendiendo él mismo a sus sencillas necesidades, y, en apariencia, prestando poca atención a los asuntos de sus vecinos. Así que fue una sorpresa para mí oír cómo le preguntaba a Holmes, con voz impaciente, si había logrado algún avance en su reconstrucción del misterioso episodio.

—La policía del condado está completamente perdida —dijo—, pero quizá su mayor experiencia le haya sugerido alguna explicación verosímil. Mi único derecho para pedirle su confianza es que, durante mis visitas, he llegado a conocer muy bien a la familia Tregennis... Es más, podrían considerarse primos míos por vía materna..., y su extraño destino me ha producido una gran impresión. Me encontraba ya en Plymouth, camino de África, pero cuando me enteré esta mañana regresé inmediatamente para ayudar en la investigación.

Holmes arqueó las cejas.

—¿Perdió su barco por eso?

—Embarcaré en el siguiente.

—¡Vaya! Eso sí que es amistad.

—Ya le digo que éramos parientes.

—Sí, cierto; primos por parte de madre. ¿Había subido ya su equipaje a bordo?

—Parte de él, pero la mayoría aún sigue en el hotel.

—Entiendo. Pero no creo que el suceso haya llegado ya a la primera plana de los periódicos matutinos de Plymouth.

—No, señor, recibí un telegrama.

—¿Puedo preguntar quién se lo envió?

Una sombra cruzó el demacrado rostro del explorador.

—Es usted muy inquisitivo, señor Holmes.

—Es mi trabajo serlo.

Haciendo un esfuerzo, el doctor Sterndale recuperó su anterior compostura.

—No veo razón para no decírselo —dijo—. Fue el señor Roundhay, el vicario, quien me envió el telegrama que me ha hecho venir.

—Gracias —dijo Holmes—. Volviendo a la pregunta que me hizo en primer lugar, puedo decirle que aún no tengo las cosas claras en lo que al caso respecta, pero albergo esperanzas de llegar a alguna conclusión. Sería prematuro decir nada más.

—Quizá no le importaría decirme si sus sospechas apuntan en alguna dirección.

—No puedo responder a eso.

—Entonces he perdido el tiempo y no necesito prolongar mi visita. —El famoso doctor salió de nuestra casa de campo dando grandes zancadas, luciendo un patente mal humor. A los cinco minutos, Holmes salió detrás de él. No volví a verle hasta la noche, cuando regresó con paso lento y una expresión huraña que me hicieron comprender que no había hecho ningún progreso en su investigación. Echó un vistazo a un telegrama que estaba esperándole, y lo tiró a la chimenea.

—Es del hotel de Plymouth, Watson —dijo—. Supe el nombre gracias al vicario, y telegrafié allí para asegurarme de que el relato del doctor Leon Sterndale era cierto. En efecto, parece ser que la pasada noche se alojó allí y que ha enviado parte de su equipaje camino de África, así como que ha vuelto para estar presente en la investigación. ¿Qué opina, Watson?

—Que está vivamente interesado.

—Vivamente interesado, desde luego. Aquí hay un hilo que aún no hemos sabido encontrar, y que puede guiarnos a través de esta maraña. Anímese, Watson, estoy completamente seguro de que aún no disponemos de todo el material. Cuando así sea, enseguida dejaremos atrás nuestras dificultades.

Poco sabía yo entonces lo pronto que se harían realidad las palabras de Holmes, o lo extraño y siniestro que sería el inminente acontecimiento que desplegaría ante nosotros toda una nueva línea de investigación. A la mañana siguiente, me encontraba afeitándome frente a la ventana cuando pude oír el ruido de cascos. Cuando levanté la vista, vi cómo un *dog-cart* se acercaba al galope por la carretera. Se detuvo frente a la puerta de entrada, donde nuestro amigo el vicario se apeó de un salto y vino corriendo hasta la casa por el sendero del jardín. Holmes ya se había vestido y ambos nos apresuramos a recibirle.

Nuestro visitante se encontraba en tal estado de agitación que apenas podía articular palabra, pero, al fin, logró contar su trágica historia entre jadeos e incoherencias.

—¡Estamos poseídos por el diablo, señor Holmes! ¡Mi pobre parroquia está poseída por el diablo! —exclamaba—. ¡El mismísimo Satanás anda suelto! ¡Estamos a su merced! —Tan alterado estaba que bailaba a nuestro alrededor en lo que habría sido un espectáculo ridículo si no llega a ser por sus ojos desorbitados y su tez cenicienta.

—El señor Mortimer Tregennis ha muerto durante la noche, con idénticos síntomas que el resto de su familia.

Holmes se levantó de un salto, rebosando energía en un instante.

—¿Podemos ir todos en su *dog-cart*?

—Sí.

—Entonces, Watson, tendremos que posponer el desayuno. Señor Roundhay, estamos a su entera disposición. Rápido, rápido, antes de que desordenen la escena del crimen.

El huésped ocupaba dos habitaciones de la vicaría, situadas una encima de la otra, formando esquina. La de abajo era una amplia sala de estar, en la de arriba se encontraba su dormitorio. Ambas daban a un campo de *croquet* que llegaba hasta el pie de ambas ventanas. Llegamos antes que el médico y la policía, así que todo se encontraba intacto. Permítaseme describir exactamente la escena tal como la vimos aquella neblinosa mañana de marzo. Dejó en mí una impresión tan profunda que jamás he podido quitármela de la cabeza.

La atmósfera de la habitación era de una pesadez horrible y deprimente. El sirviente que entró primero había abierto la ventana, de lo contrario habría sido aún más intolerable. Aquel ambiente podía deberse, en parte, a que en la mesita central había una lámpara ardiendo y humeando. Junto a ella estaba sentado el muerto, reclinado en su silla, la escasa barba proyectada hacia arriba, sus gafas levantadas sobre la frente, y su delgado y oscuro rostro, girado hacia la ventana y retorcido con el mismo rictus de terror que había marcado los rasgos de su difunta hermana. Tenía los miembros contorsionados y los dedos retorcidos, como si hubiese muerto en un auténtico paroxismo de miedo. Estaba completamente vestido, aunque existían indicios de que lo había hecho con prisas. Sabíamos ya que había dormido en su cama y que su trágica muerte le había sobrevenido a primera hora de la mañana.

Uno solo se daba cuenta de la ardiente energía que se ocultaba bajo la flemática apariencia de Holmes cuando se producía el cambio brusco que se operó en él nada más entrar en el fatal apartamento. En un instante se puso tenso y alerta, los ojos brillaban, el rostro adquirió rigidez, sus miembros temblaban de actividad febril. Salió al césped, entró por la ventana, rodeó la habitación y subió hasta el dormitorio como un sabueso entregado a registrar una madriguera. En el dormitorio, echó un rápido vistazo alrededor y acabó por abrir la ventana de par en par, lo que pareció proporcionarle un nuevo motivo de excitación, ya que se asomó a ella con sonoras exclamaciones de júbilo y entusiasmo. Entonces volvió a bajar corriendo las escaleras, salió por la ventana abierta, se tiró boca abajo en el césped, se levantó de un salto y regresó a la habitación una vez más, con la energía de un cazador que le pisa los talones a su presa. Examinó con minuciosa atención la lamparilla, una *standard*[5] corriente, tomando varias medidas de su depósito. Empleando su lupa, escudriñó cuidadosamente la pantalla que cubría la parte superior de la lámpara y rascó algunas cenizas que aparecían adheridas a su superficie, guardando algunas en un sobre que metió en el bolsillo. Finalmente, justo cuando apareció el oficial de policía acompañado del médico, le hizo señas al vicario y salimos los tres al césped.

—Me complace comunicarles que mi investigación no ha sido en absoluto estéril —comentó—. No puedo quedarme a comentar el asunto con la policía, pero le agradecería enormemente, señor Roundhay, que le presente mis saludos al inspector y atraiga su atención hacia la ventana del comedor y la lamparilla de la sala de estar. Por separado resultan de lo más sugerente, y juntas son concluyentes. Si la policía deseara más información, me alegrará recibirles en mi casa de campo. Ahora, Watson, creo que quizá aprovecharíamos mejor el tiempo en otro lugar.

Es posible que a la policía le molestara la intromisión de un aficionado, o quizá pensasen que habían encontrado una esperanzadora línea de investigación, pero lo cierto es que no supimos nada de ellos en los dos días siguientes. Holmes pasó parte de su tiempo fumando, ensimismado, en la

---

5   Lámpara de pie alto. *(N. de la T.)*

casa de campo, pero una parte mucho mayor la empleó dando paseos por el campo, siempre solo, regresando horas después sin hacer ningún comentario acerca de dónde había ido. Un experimento me sirvió para comprender por dónde discurría su investigación. Trajo una lámpara exactamente igual a la que habría ardido en el dormitorio de Mortimer Tregennis la mañana de la tragedia. La llenó con el mismo aceite que se empleaba en la vicaría y anotó cuidadosamente el tiempo que tardó en agotarse. Realizó otro experimento de una naturaleza algo más desagradable, que no creo que pueda olvidar jamás.

—Recordará, Watson —comentó una tarde—, que solo hay un punto en común entre las distintas historias que han llegado a nuestro conocimiento. Se trata del efecto producido por la atmósfera de ambas estancias sobre las primeras personas que entraron en ellas. Recordará que Mortimer Tregennis, al describir el episodio de su última visita a la casa de sus hermanos, comentó que el doctor, al entrar en la habitación, se desplomó sobre una butaca. ¿Lo había olvidado? Bueno, pues yo le aseguro que ocurrió así. Recordará también que la señora Porter, el ama de llaves, nos contó que se había desmayado al entrar en la habitación y que, posteriormente, abrió la ventana. En el segundo caso, el del propio Mortimer Tregennis, no puede haber olvidado la espantosa sensación de pesadez en el ambiente de la habitación cuando llegamos, aunque la criada había abierto la ventana. Descubrí que aquella criada se puso tan enferma que tuvo que acostarse. Admitirá, Watson, que estos hechos son de lo más sugerentes. En ambos casos tenemos evidencias de una atmósfera envenenada. Además, en cada caso se ha producido combustión en la habitación: en uno de ellos un fuego de chimenea, en el otro una lámpara. El fuego era necesario, pero la lámpara se encendió, como demostrará la comparación del aceite consumido, mucho después del alba. ¿Por qué? Seguramente porque hay una relación entre estas tres cosas: la combustión, la atmósfera cargada y, finalmente, la locura o muerte de estos desdichados. Eso está claro, ¿no es cierto?

—Eso parece.

—Al menos lo podemos tomar como hipótesis de trabajo. Por tanto, hemos de suponer que en ambos casos quemaron algo que produjo una atmósfera de extraños efectos tóxicos. Muy bien. En el primero de ellos, el de la familia Tregennis, esta sustancia se colocó en el fuego de la chimenea. La ventana estaba cerrada, pero, como es natural, parte del humo se perdió por el tiro de la chimenea. De ahí que los efectos del veneno fuesen menores a los del segundo caso, donde era más difícil que se escaparan los vapores. El resultado parece indicar que fue así, ya que en el primer caso solo murió la mujer, cuyo organismo, presumiblemente, era más sensible. En el segundo caso el resultado fue completo. Por lo tanto, los hechos parecen corroborar la teoría del veneno administrado por combustión.

»Con este razonamiento en mente, registré la habitación de Mortimer Tregennis con el objeto de encontrar restos de esta sustancia. El lugar obvio donde buscar era la pantalla o el guarda humos de la lamparilla. Allí, como era de esperar, pude ver cierta cantidad de cenizas escamosas que lucían una orla de polvo amarronado que aún no se había consumido. Como sin duda observó, me guardé la mitad de estas cenizas en un sobre.

—¿Por qué solo la mitad, Holmes?

—No soy quién para entorpecer la labor de la policía, mi querido Watson. Les dejé todas las pruebas que descubrí. Aún quedaba polvo en el guardahúmos, si fueron lo bastante observadores como para encontrarlo. Ahora, Watson, encenderemos nuestra lámpara; sin embargo, tomaremos la precaución de abrir la ventana para evitar el fallecimiento prematuro de dos meritorios miembros de la sociedad. Usted se sentará en aquella butaca, cerca de la ventana abierta, a no ser que, como persona sensata, decida no tener nada que ver con el asunto. Oh, ¿así que quiere ver qué pasa? Este es mi Watson. Yo me sentaré en esta butaca, frente a usted, de tal modo que nos encontraremos a la misma distancia del veneno, cara a cara. Dejaremos la puerta entreabierta. Ahora estamos dispuestos de tal modo que podemos vigilarnos el uno al otro e interrumpir el experimento si los síntomas parecen alarmantes. ¿Está todo claro? Bien, entonces sacaré el polvo, o lo que queda de él, del sobre y lo dejaré sobre la lamparilla encendida. ¡Ya está! Watson, sentémonos y esperemos a los acontecimientos.

No tardaron en llegar. Apenas me había arrellanado en mi asiento cuando llegó hasta mí un olor intenso, almizcleño, sutil y nauseabundo.

A la primera bocanada mi cerebro y mi imaginación escaparon a mi control. Ante mis ojos se arremolinó una densa nube negra y mi mente me decía que en aquella nube, aunque invisible, se agazapaba todo lo espantosamente horrible, monstruoso e inconcebiblemente malvado del universo, dispuesto a saltar sobre mis horrorizados sentidos. Formas imprecisas se arremolinaban y nadaban en el oscuro interior de aquellas nubes, cada una de ellas representaba una amenaza y una advertencia de que algo iba a ocurrir, de que en el umbral acechaba un morador indescriptible cuya sola sombra rompería mi alma en pedazos. Se apoderó de mí un terror glacial. Sentí que se me erizaba el cabello, que mis ojos se salían de sus órbitas, que tenía la boca abierta y que mi lengua parecía hecha de cuero. El torbellino que se había desatado en mi cabeza era de tal intensidad que parecía que en cualquier momento algo en su interior iba a romperse. Intenté gritar, y fui vagamente consciente de un graznido ronco, que era mi propia voz, pero que sonaba distante, ajena a mí. En ese momento, al hacer un esfuerzo por escapar, atravesé aquella nube de desesperación y vislumbré el rostro de Holmes, blanco, rígido y contraído por el horror: la misma expresión que ya había visto en el rostro de los fallecidos. Fue aquella visión la que me proporcionó unos segundos de cordura y fuerza. Salté de mi asiento, rodeé a Holmes con los brazos y atravesamos la puerta tambaleándonos; un momento después nos habíamos dejado caer sobre el césped y yacíamos juntos, conscientes únicamente de la gloriosa luz del sol que atravesaba y destruía la infernal nube de terror que nos había envuelto. Lentamente, la oscuridad fue desapareciendo de nuestras almas como la niebla se levanta en el paisaje, hasta que regresaron la serenidad y la razón. Nos quedamos sentados en la hierba, enjuagándonos la frente húmeda y mirándonos el uno al otro con el temor de descubrir las últimas huellas de la terrorífica experiencia que acabábamos de atravesar.

—¡Santo Cielo, Watson! —dijo Holmes al fin, con voz insegura—. Le debo mi agradecimiento y también una disculpa. Este experimento no tenía justificación aunque fuese yo la cobaya, así que no digamos, ya, hacérselo a un amigo. Lo siento de veras.

—Ya sabe —respondí con cierta emoción, porque hasta entonces Holmes nunca me había dejado entrever que se preocupaba por mí— que para mí es un privilegio y un honor ayudarle.

Enseguida recuperó su actitud medio humorística, medio cínica, que adoptaba habitualmente hacia quienes le rodeaban.

—Sería superfluo hacernos enloquecer, mi querido Watson —dijo—. Cualquier observador inocente declararía que estábamos locos por el simple hecho de embarcarnos en un experimento semejante. Confieso que nunca imaginé que los efectos fuesen tan repentinos y graves. —Entró corriendo a la casa para reaparecer llevando la lámpara, que aún ardía, con el brazo extendido, y la tiró a un zarzal—. Tenemos que esperar un rato a que se ventile la habitación. Entiendo, Watson, que ya no le quedará ni una sombra de duda sobre cómo se produjeron las tragedias.

—Ninguna en absoluto.

—Pero el móvil continúa siendo tan oscuro como antes. Acompáñeme hasta aquel cenador y discutamos juntos el asunto. Llevo ese veneno infernal aún metido en la garganta. Creo que todas las pruebas apuntan a este hombre, Mortimer Tregennis, que podría haber sido el criminal que ejecutó la primera tragedia y la víctima de la segunda. En primer lugar, debemos recordar que existe una historia de disputas familiares, seguida de una reconciliación, aunque desconocemos lo amarga que fue la pelea o si la reconciliación fue únicamente superficial. Cuando pienso en Mortimer Tregennis, con su cara de zorro y sus perspicaces ojillos detrás de las gafas, no le veo como un hombre predispuesto a perdonar. Bien, en segundo lugar, recordará que Tregennis declaró haber visto algo moviéndose en el jardín, lo que, por un momento, desvió nuestra atención de la verdadera causa de la tragedia. Tenía un motivo para distraernos. Finalmente, si no arrojó al fuego la sustancia en el momento de abandonar la habitación, ¿quién lo hizo? La tragedia ocurrió justo después de que él se marchase. Si alguien hubiese venido, sin duda la familia se hubiese levantado de la mesa. Además, en la pacífica Cornualles no se suelen recibir visitas pasadas las diez de la noche. Por lo tanto, hay que dar por hecho que todas las pruebas apuntan a Mortimer Tregennis como culpable.

—¡Entonces su muerte ha sido un suicidio!

—Bueno, Watson, a primera vista no es una suposición absurda. Un hombre corroído por los remordimientos de haber condenado a su familia a un destino semejante podría haberse visto arrastrado a darse ese mismo final a sí mismo. Sin embargo, existen poderosas razones en contra de esta hipótesis. Afortunadamente, solo existe un hombre en Inglaterra que lo sabe todo sobre el asunto, y lo he dispuesto para que podamos oír los hechos de sus propios labios. ¡Ah! Se ha adelantado un poco. Le ruego que venga por aquí, doctor Leon Sterndale. Acabamos de realizar un pequeño experimento químico en el interior de la casa, que ha dejado la habitación impracticable para recibir a tan distinguida visita.

Había oído el chirrido de la puerta del jardín y la majestuosa figura del gran explorador africano apareció en el sendero. Se dio la vuelta, algo sorprendido, hacia la rústica pérgola bajo la que estábamos sentados.

—Me mandó llamar, señor Holmes. Recibí su nota hace una hora y aquí estoy, aunque no sé por qué debería obedecer sus requerimientos.

—Quizá podamos aclarar ese detalle antes de que se vaya —dijo Holmes—. Mientras tanto, le agradezco sinceramente que haya sido tan amable de venir. Disculpe este recibimiento informal al aire libre, pero mi amigo Watson y yo acabamos de añadir un capítulo más a lo que los periódicos llaman «el horror de Cornualles», y, de momento, preferimos disfrutar de una atmósfera limpia. Además, dado que los asuntos que debemos discutir le afectan a usted personalmente de modo muy íntimo, será mejor que hablemos donde nadie pueda oírnos.

El explorador se sacó el cigarrillo de los labios y lanzó una dura mirada a mi compañero.

—No acabo de entender, señor —dijo—, qué tiene que contarme que me afecte personalmente de un modo tan íntimo.

—Hablo del asesinato de Mortimer Tregennis —dijo Holmes.

Por un momento eché de menos mi arma. El fiero rostro de Sterndale se tornó rojo oscuro, sus ojos centellearon y se le hincharon las agarrotadas venas de la frente cuando saltó hacia mi compañero con los puños cerrados. Entonces se paró y, con un violento esfuerzo, recobró su fría y rígida tranquilidad, que presagiaba, quizá, un peligro mayor que su impetuoso arrebato.

—He vivido tanto tiempo entre salvajes, y lejos de la ley —dijo—, que he acabado por acostumbrarme a ser yo mismo mi única ley. Hará bien en no olvidarlo, señor Holmes, puesto que no deseo hacerle ningún daño.

—Tampoco tengo deseos de hacerle daño a usted, doctor Sterndale. La mejor prueba de ello es que, sabiendo lo que sé, le he hecho llamar a usted, en vez de llamar a la policía.

Sterndale se volvió a sentar con un jadeo, intimidado, quizá, por primera vez, en toda su aventurera vida. En la actitud de Holmes se adivinaba tal confianza en su propia fuerza que no pudo resistirse. Nuestro visitante tartamudeó un momento, abriendo y cerrando sus enormes manos con agitación.

—¿Qué quiere decir? —preguntó, al fin—. Si se trata de un farol, señor Holmes, ha escogido el peor objetivo para su experimento. No mareemos más la perdiz. ¿Qué quiere decir?

—Se lo diré —dijo Holmes—. Y la razón por la que lo hago es porque espero que la franqueza engendre franqueza. Mi próximo paso dependerá exclusivamente de la naturaleza de su propia defensa.

—¿Mi defensa?

—Sí, señor.

—¿Mi defensa contra qué?

—Contra la acusación de haber asesinado a Mortimer Tregennis.

Sterndale se secó la frente con su pañuelo.

—A fe mía que se está usted pasando. ¿Todos sus logros los ha obtenido con este prodigioso talento para farolear?

—Es usted —dijo Holmes en tono severo— quien se está tirando un farol, doctor Leon Sterndale, y no yo. Como prueba, le expondré algunos hechos en los que se basan mis conclusiones. Que regresase de Plymouth, dejando que parte de su equipaje viajase a África, fue lo primero que me hizo comprender que era usted uno de los factores que había que tener en cuenta para reconstruir este drama...

—Volví...

—Ya he oído sus razones y me parecen insuficientes y poco convincentes. Pasaremos eso por alto. Regresó para preguntarme de quién sospechaba yo. No quise responderle. Entonces fue a la vicaría, esperó algún tiempo fuera y, finalmente, regresó a su casa de campo.

—¿Cómo lo sabe?

—Le seguí.

—No vi a nadie.

—Eso es todo lo que verá cuando yo le siga. Pasó la noche en su casa, inquieto, y fraguó cierto plan que puso en práctica a primera hora de la mañana. Salió de su casa justo cuando amanecía, llenándose el bolsillo de cierta grava rojiza que había amontonada junto a su puerta.

Sterndale dio un violento respingo y miró a Holmes, atónito.

—Después, recorrió a toda prisa la milla que le separaba de la vicaría. Llevaba usted, si me permite la observación, el mismo par de zapatos de tenis acanalados que lleva puestos ahora mismo. Al llegar a la vicaría cruzó el huerto y el seto lateral, y fue a parar bajo la ventana de Tregennis. Era ya pleno día, pero la servidumbre no se había levantado aún. Tomó algo de gravilla de su bolsillo y la tiró hacia la ventana del piso superior.

Sterndale se puso de pie de un salto.

—¡Es usted el diablo en persona! —exclamó. Holmes sonrió ante el cumplido.

—Necesitó dos, quizá tres, puñados antes de que el inquilino se asomara a la ventana. Le hizo señas para que bajase. Se vistió apresuradamente y se dirigió a su sala de estar. Usted entró por la ventana. Luego se produjo una breve conversación durante la cual usted caminó de un lado a otro de la habitación. Entonces salió, cerró la ventana y se quedó en el césped, fumando un cigarro y mirando lo que ocurría dentro. Finalmente, después de la muerte de Tregennis, se fue por donde había venido. Ahora bien, doctor Sterndale, ¿cómo justifica semejante conducta y cuáles eran los motivos para un acto semejante? Si me engaña o trata de jugar conmigo, le aseguro que pasaré este asunto a otras manos definitivamente.

El rostro de nuestro visitante adquirió un tono ceniciento mientras escuchaba las palabras de su acusador. Permaneció un rato meditando, hundiendo la cabeza entre las manos. Luego, con un repentino e impulsivo gesto, sacó una fotografía del bolsillo de su chaqueta y la arrojó a la mesa rústica alrededor de la cual estábamos sentados.

—Este es mi motivo —dijo.

Era el retrato de una mujer muy hermosa. Holmes se inclinó sobre ella.

—Brenda Tregennis —dijo.

—Sí, Brenda Tregennis —repitió nuestro visitante—. La he amado durante años. Durante años ella me amó. Ese es el secreto de mi retiro en Cornualles, que tanto ha sorprendido al público. Me ha acercado a la única persona en el mundo que amaba de verdad. No podía casarme con ella, porque aún sigo casado con una esposa que me abandonó hace años, de la cual, gracias a las detestables leyes inglesas, no puedo divorciarme. Brenda me esperó durante años. Durante años esperé yo. Y todo para acabar así. —Un terrible sollozo sacudió su corpulento cuerpo y se aferró la garganta con la mano por debajo de su barba moteada. Entonces, haciendo un esfuerzo, logró dominarse y continuó—: El vicario lo sabía. Era nuestro confidente. Podrá confirmarle que ella era un ángel que había bajado a la tierra. Por eso me telegrafió y regresé. ¿Qué me importaba mi equipaje, ni África, al enterarme de lo que le había ocurrido a mi amor? Ahí tiene la clave que le faltaba para explicar mis actos, señor Holmes.

—Continúe —dijo mi amigo.

El doctor Sterndale sacó de su bolsillo un paquete de papel y lo dejó sobre la mesa. En el exterior aparecía escrito *Radix pedis diaboli,* con una etiqueta roja debajo, que advertía de que se trataba de veneno. Empujó el paquetito hacia mí.

—Creo que es usted doctor, caballero. ¿Ha oído hablar alguna vez de este preparado?

—¡Raíz de pezuña del diablo! No, jamás oí hablar de él.

—Eso no va en menoscabo de sus conocimientos profesionales —dijo—, puesto, que, según creo, salvo por una muestra en un laboratorio de Buda, no existe otro espécimen en Europa. Todavía no ha aparecido en la farmacología ni en los libros de toxicología. La raíz tiene forma de pie, mitad humano, mitad caprino; de ahí el fantástico nombre con el que la bautizó un misionero botánico. Los brujos de ciertas regiones del África occidental la emplean en las ordalías como veneno, y guardan el secreto celosamente. Este espécimen en particular lo obtuve en circunstancias muy especiales en el Ubanghi. —Mientras hablaba rasgó el papel, mostrándonos un montoncillo de polvo pardusco, similar al rapé.

—¿Y bien, señor? —dijo Holmes severamente.

—Voy a contarle todo lo que ocurrió, señor Holmes; sabe usted ya tanto que me interesa que ya lo sepa todo. Ya le he explicado la relación que me unía con la familia Tregennis. Para agradar a Brenda, hice amistad con sus hermanos. Se había producido una disputa por dinero, cosa que había separado a Mortimer de su familia, pero se suponía que habían hecho las paces, así que comencé a tratarme con él, como había hecho con el resto de la familia. Era un tipo astuto, sutil y calculador; observé en él varios detalles que levantaron mis sospechas, pero no tenía razones para enfrentarme a él.

»Un día, hace solamente un par de semanas, vino a mi casa de campo, donde le enseñé algunas de mis curiosidades africanas. Entre otras cosas le mostré este polvo y le hablé sobre sus extrañas propiedades, cómo estimula los centros del cerebro que controlan el miedo y cómo la muerte o la locura es la suerte que correría el infeliz nativo que se viese sometido a la ordalía por el sacerdote de la tribu. Asimismo, le conté que la ciencia europea no era capaz de detectarlo. No sé cómo se las arregló para llevárselo, ya que en ningún momento le dejé solo en la habitación, pero no me cabe duda de que fue entonces, mientras abría armarios y me inclinaba sobre cajas, cuando se las ingenió para birlarme cierta cantidad de pezuña del diablo. Recuerdo con claridad que me atosigó con preguntas acerca de la cantidad y el tiempo que tardaba en surtir efecto, pero poco imaginaba yo que pudiera tener razones personales para preguntar todas esas cosas.

»No pensé más en el asunto hasta que leí el telegrama del vicario en Plymouth. Este rufián se había imaginado que para cuando se publicase la noticia yo ya me encontraría en alta mar y que permanecería perdido en África durante años. Pero regresé enseguida. Por supuesto, al escuchar los detalles comprendí con toda seguridad que se había empleado mi veneno como arma homicida. Vine a verle por si había concebido usted una teoría diferente. Pero otra hipótesis era inconcebible. Estaba convencido de que Mortimer Tregennis era el asesino; que por dinero, y quizá con la idea de que cuando los restantes miembros de su familia enloquecieran sería declarado custodio único de sus bienes, había empleado con ellos el polvo de pezuña del diablo, provocando la locura en dos de ellos y asesinando a su hermana Brenda, el único ser humano al que haya amado y por el que fui amado jamás. Este era su crimen; ¿cuál habría de ser su castigo?

»¿Debía acudir a la ley? ¿Qué pruebas podría presentar? Sabía que los hechos eran ciertos, pero ¿iba a convencer a un jurado de campesinos de que aquella fantástica historia era cierta? Quizá sí o quizá no. Pero no podía fallar. Mi alma clamaba venganza. Ya se lo he dicho antes, señor Holmes, he pasado tanto tiempo fuera de la ley que he acabado por ser yo mismo la ley. Y eso hice. Decidí que debía compartir el destino que él mismo había planeado para otros. O eso, o le ajusticiaría con mis propias manos. No hay en Inglaterra ningún hombre que valore menos su propia vida como yo la mía en estos momentos.

»Ya le he contado todo. Usted mismo ha explicado el resto. Como ha dicho, después de una mala noche, salí temprano de mi casa de campo. Imaginé que me sería difícil levantarle, así que tomé un puñado de grava del montón que ya ha mencionado y la arrojé contra su ventana. Bajó y me hizo entrar por la ventana de la sala de estar. Le expuse su crimen y le dije que había venido como juez y verdugo. La sabandija se hundió en una silla, paralizado ante mi revólver. Encendí la lámpara, eché un poco de polvo encima y permanecí al otro lado de la ventana, preparado para cumplir mi amenaza de dispararle en cuanto intentase salir de la habitación. Murió en cinco minutos. ¡Dios mío, qué manera de morir! Pero yo ya tenía el corazón endurecido, no sufrió nada que mi amada Brenda no sufriera antes que él. Esta es mi historia, señor Holmes. Quizá, si usted amase a una mujer, habría hecho lo mismo. En cualquier caso, estoy en sus manos. Puede hacer lo que le plazca. Como ya le he dicho, no hay nadie en el mundo que tema a la muerte menos que yo.

Holmes permaneció sentado en silencio un rato.

—¿Cuáles eran sus planes? —preguntó, al fin.

—Tenía intención de perderme en África central. Mi trabajo allí está a medio terminar.

—Vaya y termínelo —dijo Holmes—. Yo, por lo menos, no pienso impedírselo.

El doctor Sterndale alzó su gigantesca figura, hizo una solemne reverencia y se marchó del cenador. Holmes encendió su pipa y me pasó la bolsa del tabaco.

—No nos vendrá mal un humo que no sea venenoso, para variar —dijo—. Creo que estará de acuerdo conmigo, Watson, en que no se trata de un caso en el que debamos interferir. Hemos llevado a cabo nuestra investigación de forma independiente, y así serán nuestras acciones. ¿Denunciará al tipo?

—Desde luego que no —respondí.

—Nunca he amado, Watson, pero si lo hiciera y la mujer objeto de mi amor hubiese encontrado un final como este, habría actuado igual que nuestro cazador de leones. ¿Quién sabe? Bueno, Watson, no ofenderé su inteligencia explicándole lo que ya es evidente. La gravilla en el alféizar de la ventana fue, por supuesto, el punto del que arrancó mi investigación. En el jardín de la vicaría no había nada que se le pareciese. Solo cuando el doctor Sterndale y su casa de campo atrajeron mi atención di con la pieza que faltaba. La lámpara encendida a plena luz del día y los restos de polvo sobre la pantalla eran los sucesivos eslabones de una cadena ya muy evidente. Y ahora, mi querido Watson, creo que podemos dar por zanjado el asunto y reanudar con la conciencia tranquila el estudio de las raíces caldeas que, con seguridad, pueden encontrarse en el ramal cornuallés de la extraordinaria lengua celta.

Su último saludo

Un epílogo en la carrera
de Sherlock Holmes

€ran las nueve de la noche del 2 de agosto, el agosto más espantoso de la historia. Uno ya podía adivinar que la maldición de Dios se cernía, implacable, sobre este mundo depravado, flotaba en la atmósfera bochornosa y sofocante un extraordinario silencio y una sensación de vaga expectación. Hacía tiempo que se había puesto el sol, pero en el occidente lejano una franja rojo sangre, como una herida abierta, se dibujaba a poca altura sobre el horizonte. Arriba, las estrellas brillaban resplandecientes y, abajo, las luces de los barcos arrancaban destellos en la bahía. Los dos famosos alemanes se encontraban junto al parapeto de piedra del sendero del jardín; detrás de ellos se alzaba un edificio largo y bajo, de pesados gabletes. Contemplaban la ancha franja de la playa que se extendía al pie del profundo acantilado arcilloso en el que Von Bork, como un águila errante, se había posado cuatro años atrás. Tenían las cabezas muy juntas, hablando quedamente, en tono confidencial. Desde abajo, los extremos incandescentes de sus cigarros se asemejaban a los ojos ardientes de algún demonio maligno que acechara en la oscuridad.

Un hombre extraordinario, este Von Bork —un hombre con el que los leales agentes del káiser apenas podían rivalizar—. Gracias a su talento, fue recomendado para la misión en Inglaterra, la misión más importante de todas, pero desde que se había hecho cargo de ella ese talento fue haciéndose cada vez más patente para la media docena de personas, en todo el mundo, que realmente sabían la verdad. Una de estas personas era quien le acompañaba en aquel momento, el barón Von Herling, el primer secretario de la embajada, cuyo enorme automóvil Benz de cien caballos de potencia permanecía estacionado en plena carretera rural mientras esperaba a su dueño para llevarle de regreso a Londres.

—A juzgar por la marcha de los acontecimientos, probablemente regresará a Berlín antes de que acabe la semana —decía el secretario—. Cuando llegue allí, mi querido Von Bork, creo que se quedará sorprendido por el recibimiento que le aguarda. Resulta que conozco bien la alta consideración que en el cuartel general se tiene por su trabajo en este país. —El secretario era un hombre enorme, grave, ancho y alto, con una forma de hablar lenta y cansina, que había sido su mejor baza durante su carrera política.

Von Bork rio.

—No es muy difícil engañarles —comentó—. No se me ocurre una gente más dócil e ingenua.

—No sé qué decirle —dijo el otro, pensativo—. Tienen límites extraños y uno debe aprender a respetarlos. Es su aparente ingenuidad lo que los convierte en una trampa para los forasteros. La primera impresión que producen es que se trata de gente totalmente maleable. Entonces, de repente, se topa uno con una firmeza inflexible, y no queda más remedio que aceptar que se ha llegado al límite y adaptarse a este hecho. Por ejemplo, esos convencionalismos insulares suyos que es absolutamente preciso observar.

—¿Se refiere a «guardar las formas» y todo eso? —Von Bork suspiró, como un hombre que hubiera sufrido mucho.

—Me refiero a los prejuicios británicos y todas sus extravagantes manifestaciones. Le contaré como ejemplo uno de mis peores tropiezos, y me permito hablar de mis fracasos porque ya conoce usted de sobra mis éxitos.

Fue la primera vez que visité el país. Me invitaron a una reunión celebrada un fin de semana en la casa de campo de un ministro del gabinete. La conversación fue tremendamente indiscreta.

Von Bork asintió.

—Sé muy bien de qué me habla —dijo secamente.

—Exacto. Bien, naturalmente, envié a Berlín un resumen de todo lo que se habló allí. Por desgracia, nuestro buen canciller es hombre de poco tacto en estos asuntos, e hizo una observación que dejaba patente que estaba al tanto de lo que se había dicho en aquella reunión. Naturalmente, el desliz les condujo hasta mí. No tiene ni idea del perjuicio que me supuso esta indiscreción. En aquella ocasión, nuestros anfitriones británicos no fueron precisamente indulgentes, se lo puedo asegurar. Tuve que sufrir las consecuencias durante dos años. En cambio, usted, con esa pose de deportista...

—No, no, no la llame pose. Una pose es algo artificial, simulado. Lo mío es natural. Soy un deportista nato. Disfruto con ello.

—Bien, eso lo hace aún más eficaz. Participa en regatas contra ellos, caza con ellos, juega al polo, les iguala en cualquier deporte, con su cuatro en mano se llevó el trofeo en el Olympia. Incluso he oído que llegó a medirse boxeando con los oficiales más jóvenes. ¿Cuál ha sido el resultado? Nadie le toma en serio. Usted es «un buen deportista», «un tipo bastante decente para ser alemán», un joven bebedor, noctámbulo, juerguista, irresponsable. Y durante todo ese tiempo esta tranquila casa de campo suya es el origen de la mitad de las desgracias de Inglaterra, y el soltero deportista es en realidad el agente secreto más astuto de Europa. Es usted un genio, mi querido Von Bork, ¡un genio!

—Me halaga, barón. Pero es cierto que puedo afirmar que mis cuatro años en este país no han sido del todo improductivos. Nunca le he enseñado mi pequeño almacén. ¿Le importa que entremos un momento?

La puerta del estudio se abría directamente a la terraza. Von Bork la empujó y, entrando en primer lugar, accionó el interruptor de la luz eléctrica. Luego cerró la puerta detrás de la voluminosa forma que le seguía y ajustó cuidadosamente la tupida cortina que cubría las celosías de la ventana. Solo después de haber tomado estas precauciones volvió su rostro aguileño y tostado por el sol hacia su invitado.

—Ya no dispongo de varios de mis documentos —dijo—. Cuando mi esposa y la servidumbre partieron ayer hacia Flushing, se llevaron los menos importantes con ellos. Por supuesto, debo solicitar la protección de la embajada para los otros.

—Ya se le ha registrado entre el personal de la embajada. No habrá problemas para usted o su equipaje. A pesar de todo, cabe la posibilidad de que no tengamos que marcharnos. Tal vez Inglaterra abandone a Francia a su suerte. Estamos seguros de que no existe un tratado entre ambas naciones.

—¿Y Bélgica?

—Sí, a Bélgica también.

Von Bork meneó la cabeza.

—No creo que sea posible. En este caso sí que existe un tratado firmado. Inglaterra jamás se recuperaría de una humillación semejante.

—Al menos tendría paz, por el momento.

—¿Y su honor?

—Vamos, mi querido amigo, vivimos en una época eminentemente práctica. El honor es un concepto medieval. Además, Inglaterra no está preparada. Resulta inconcebible, pero ni siquiera nuestro impuesto de guerra de cincuenta millones, que uno pensaría que habría dejado tan claras nuestras intenciones como si las hubiésemos publicado en la primera página del *Times,* ha despertado a esta gente de su letargo. Aquí y allá alguien hace algunas preguntas y yo debo responderlas. Aquí y allá alguien se enfada, y yo debo apaciguarlo. Pero puedo asegurarle que, en lo realmente importante: el acopio de munición, los preparativos para el ataque de submarinos, los planes para la fabricación de explosivos…, no hay nada preparado. Así que ¿cómo va a intervenir Inglaterra, especialmente cuando hemos azuzado ese diabólico brebaje de guerra civil en Irlanda, furias rompecristales y Dios sabe qué más para que concentre toda su atención en casa?

—Tienen que pensar en su futuro.

—Ah, esa es otra cuestión. Me parece que nosotros ya tenemos nuestros propios planes para el futuro de Inglaterra, y para ello su información es vital. Tendremos que enfrentarnos a John Bull[6] hoy o mañana. Si prefiere que sea hoy, estamos preparados. Si, en cambio, es mañana, estaremos mejor preparados todavía. Creo que sería más sensato para ellos luchar con aliados que sin ellos, pero eso es asunto suyo. Esta semana quedará sellado su destino. Pero me hablaba usted de unos papeles.

Se sentó en la butaca; la luz iluminaba su amplia y calva cabeza, y siguió fumando su cigarrillo con parsimonia.

La esquina opuesta de la enorme habitación, revestida con paneles de roble, permanecía oculta por una cortina. Al descorrerla quedó a la vista una gran caja fuerte con remates de bronce. Von Bork extrajo una pequeña llave de la cadena de su reloj y, tras manipular durante largo rato la cerradura, abrió la pesada puerta.

—¡Mire! —dijo, apartándose y dirigiendo la mirada del secretario hacia la caja con un gesto de la mano.

La luz alumbró de lleno la caja abierta, y el secretario de la embajada miró con absorto interés las hileras atestadas de archivadores que abarrotaban su interior. Cada archivador estaba etiquetado, y sus ojos, al recorrerlos uno a uno con la mirada, leyeron una larga serie de títulos tales como «Fondeaderos», «Defensas portuarias», «Aeroplanos», «Irlanda», «Egipto», «Fortalezas de Portsmouth», «El Canal», «Rosyth» y una veintena más. Cada compartimiento estaba a rebosar de documentos y planos.

—¡Colosal! —dijo el secretario. Dejó el cigarrillo y aplaudió suavemente con sus regordetas manos.

—El trabajo de cuatro años, barón. No está del todo mal para un hacendado de provincias, bebedor y jinete incansable. Pero la joya de mi colección está aún por llegar, y ya tiene su sitio reservado. —Señaló hacia un espacio vacío que llevaba impreso el título de «Señales navales».

—Pero ya cuenta con un expediente muy completo sobre el tema en su poder.

---

6   John Bull es la personificación gráfica de Gran Bretaña, que se empleaba en carteles patrióticos o con intenciones satíricas, de modo similar al Tío Sam estadounidense. La apariencia de John Bull es la de un hombre corpulento, entrado en años, que suele vestir un chaleco con los colores de la Union Jack, la bandera británica. *(N. de la T.)*

—Se ha quedado anticuado, irá directo a la papelera. De algún modo, el Almirantazgo recibió el aviso y cambió todos los códigos. Fue un golpe duro, barón, el peor revés de toda mi campaña. Pero, gracias a mi chequera y al bueno de Altamont, todo va a quedar solucionado esta noche.

El barón echó un vistazo a su reloj y emitió una exclamación gutural de disgusto.

—Bueno, no puedo esperar más. Como podrá imaginar, en este momento hay movimiento en Carlton Terrace y tenemos que ocupar nuestros puestos. Esperaba poder marcharme con noticias de su golpe maestro. ¿Altamont no concretó una hora?

Von Bork le acercó un telegrama.

> Iré esta noche, sin falta, con las bujías nuevas.
>
> Altamont

—Bujías nuevas, ¿eh?

—Se hace pasar por un experto en motores y yo tengo un garaje lleno de automóviles. En nuestros mensajes cifrados, todo lo que pueda delatarnos recibe el nombre de una pieza de recambio. Si habla de un radiador, será un acorazado, una bomba de aceite es un crucero, y así sucesivamente. Las bujías son señales navales.

—Enviado desde Portsmouth a mediodía —dijo el secretario, examinando el matasellos en el sobre—. Por cierto, ¿cuánto le paga?

—Quinientas libras por esta entrega en particular, pero además recibe un sueldo, por supuesto.

—El avaricioso bastardo. Estos traidores son útiles, pero me asquean tanto ellos como su dinero manchado de sangre.

—A mí Altamont no me asquea en absoluto. Hace un trabajo fantástico. Si le pago bien, al menos me entrega la mercancía, como dice él. Además, no es un traidor. Le aseguro que cualquiera de nuestros *junkers*[7] pangermánicos no sería más que un pollito de paloma en su odio hacia

---

[7] Miembros de la aristocracia rural de Prusia y de Alemania occidental. *(N. de la T.)*

Inglaterra, si lo comparamos con un auténtico y amargado americano irlandés.

—¡Oh! ¿Es un irlandés americano?

—Si le oyese hablar no tendría ninguna duda. Le aseguro que a veces apenas entiendo lo que dice. Parece como si le hubiese declarado la guerra tanto al inglés del rey como al rey inglés. ¿De verdad tiene que irse? Llegará en cualquier momento.

—No, lo siento, pero ya he permanecido aquí más tiempo del debido. Le esperamos mañana a primera hora; cuando haya introducido ese libro por la puertecita de la escalinata del duque de York, podrá rematar con un triunfante *Finis* su estancia en Inglaterra. ¿Cómo? ¡Tokay! —Señaló una botella completamente cubierta de polvo y lacre, que descansaba en una bandeja junto a dos vasos altos.

—¿Puedo ofrecerle una copa antes de que se vaya?

—No, gracias. Parece que lo celebrarán ustedes por todo lo alto.

—Altamont tiene buen gusto para el vino y se ha encaprichado de mi Tokay. Es un tipo susceptible, así que hay que seguirle la corriente en estas cosas. Le aseguro que es un caso digno de estudio.

Habían vuelto a salir a la terraza y se alejaron caminando hasta el otro extremo, donde, a la orden del chófer del barón, el gran coche se zarandeó y traqueteó.

—Aquellas son las luces de Harwich, supongo —dijo el secretario, poniéndose su guardapolvo—. Qué tranquilidad y qué paz. ¡Antes de que acabe la semana quizá haya otras luces y la costa de Inglaterra sea un lugar menos tranquilo! También en los cielos habrá movimiento si el viejo Zeppelin cumple con todo lo que nos ha prometido. Por cierto, ¿quién está ahí?

Detrás de ellos, tan solo una de las ventanas permanecía iluminada. En ella se distinguía una lámpara y, junto a ella, sentada al lado de una mesa, una anciana de mejillas sonrosadas tocada con una cofia. Se inclinaba sobre su labor, agachándose de vez en cuando para acariciar a un gran gato negro que descansaba en un taburete cercano.

—Es Martha, la única criada que se ha quedado.

El secretario rio.

—Parece casi la personificación de Britania —dijo—, con su completo ensimismamiento y su aire de confortable somnolencia. Bien, ¡au revoir, Von Bork! —Subió al coche de un salto, haciendo un último saludo, y, un momento después, dos conos dorados de luz atravesaron la oscuridad. El secretario se arrellanó en los cojines de su lujosa limusina con el pensamiento tan absorto en la inminente tragedia europea que casi no se dio cuenta de que su automóvil, al girar en la calle del pueblo, estuvo a punto de aplastar a un pequeño Ford que venía en dirección contraria.

Von Bork caminó lentamente de regreso a su despacho una vez que los últimos destellos de los faros del automóvil hubieron desaparecido en la distancia. Al pasar de nuevo por la ventana de su vieja ama de llaves, se fijó en que había apagado la luz y se había retirado. El silencio y la oscuridad que reinaban en aquella espaciosa casa constituían una nueva experiencia para él, ya que la familia y la servidumbre eran muy numerosas. Sin embargo, resultaba un alivio saber que se encontraban a salvo y que, a excepción de aquella anciana que se había quedado en la cocina, tenía toda la casa a su disposición. Había mucho que ordenar y limpiar en su estudio, y se puso manos a la obra hasta que su expresivo y hermoso rostro se enrojeció con el calor de los documentos quemados. Tenía un maletín de piel junto a su mesa y empezó a guardar en él, ordenada y sistemáticamente, el precioso contenido de su caja fuerte. Sin embargo, apenas había iniciado esta tarea cuando alcanzó a oír el ruido de un coche que se acercaba. Al momento emitió una exclamación de satisfacción, aseguró las correas del maletín, cerró la caja fuerte con llave y se apresuró a salir a la terraza. Llegó justo a tiempo de ver las luces de un pequeño coche que se detuvo ante la puerta de entrada. Un pasajero salió de un salto y avanzó rápidamente hacia él, mientras el chófer, un hombre corpulento, entrado en años y con un bigote cano, se arrellanaba en su asiento, resignado a soportar una larga vigilia.

—¿Y bien? —preguntó Von Bork, corriendo ansiosamente para encontrarse con su visitante.

Por toda respuesta el hombre agitó por encima de su cabeza un pequeño paquete de papel marrón, haciendo un gesto de triunfo.

—¡Esta noche puede darme un buen apretón de manos, señor! —exclamó—. Por fin me gano el pan.

—¿Las señales?

—Como le dije en mi telegrama. Le he traído de todo: semáforos, códigos de focos, Marconi… Una copia, si no le importa, no el original. Era demasiado peligroso. Pero puede apostar a que es la mercancía auténtica —dijo, dando una palmada en el hombro al alemán, con tan ruda familiaridad que el otro dio un respingo.

—Entre —dijo—. Estoy solo en casa. Solo esperaba esto. Por supuesto, una copia es mejor que el original. Si echasen en falta el original cambiarían de nuevo todas las señales. ¿Cree usted que con la copia estaremos seguros?

El americano irlandés había entrado en el estudio y estiró sus largos miembros al sentarse en el sillón. Era un hombre alto y enjuto, de unos sesenta años, facciones muy marcadas y con una pequeña perilla que le daba el aspecto de las caricaturas del Tío Sam. Un cigarro húmedo a medio fumar colgaba de la comisura de sus labios, y al sentarse volvió a encenderlo con una cerilla.

—¿Preparándose para la mudanza? —comentó, mirando a su alrededor—. Oiga, señor —añadió, clavando la vista en la caja fuerte, que no estaba oculta en aquel momento porque se había descorrido la cortina—, no me diga que guarda los documentos ahí.

—¿Por qué no?

—¡Caray! ¡En un cacharro como ese, que es como si estuviese abierto! Y dicen que es usted todo un señor espía. Cualquier ladronzuelo yanqui sería capaz de desguazarlo con un abrelatas. Si hubiera sabido que mis cartas iban a parar ahí, no habría hecho el idiota escribiéndole.

—Cualquier ladrón se quedaría perplejo si intentase forzar esa caja —respondió Von Bork—. Ese metal no puede cortarse con herramienta alguna.

—¿Y la cerradura?

—No, es una cerradura de doble combinación. ¿Sabe lo que es eso?

—A mí, que me registren —dijo el americano.

—Bien, pues significa que necesitará una palabra, además de un conjunto de números, para accionar la cerradura. —Se levantó y le mostró un disco con doble radial que rodeaba el agujero para la llave—. La rueda exterior es para las letras, la interior para los números.

—Bien, bien, eso está muy bien.

—De modo que no es tan fácil como usted suponía. Hace cuatro años encargué su fabricación. ¿Qué código de letras y números cree usted que elegí?

—Ni idea.

—Bien, escogí la palabra «agosto» y los números «1914»; eso es todo.

En el rostro del americano asomó una expresión de admiración y sorpresa.

—¡Sí que es usted listo! Lo tenía bien pensado.

—Sí, incluso alguno de nuestros colaboradores podría haber adivinado la fecha. Pero mañana por la mañana la cerraré definitivamente.

—Bien, pues creo que también tendrá que ocuparse de mí. No voy a quedarme aquí solo en este maldito país. Tal como yo lo veo, John Bull se levantará, rampante, sobre sus cuartos traseros. Preferiría verlo desde el otro lado del mar.

— ¿No es usted ciudadano americano?

—Bueno, también Jack James era ciudadano norteamericano y eso no ha evitado que haya acabado pudriéndose en chirona en Portland. Si te pilla un poli inglés, alegar que eres ciudadano americano es como darse cabezazos contra la pared. «Aquí rigen la ley y el orden inglés», dicen. Por cierto, señor, hablando de Jack James, me parece que no hace usted gran cosa para cubrir a sus hombres.

—¿Qué quiere decir? —preguntó, secamente, Van Bork.

—Bueno, usted es el jefe, ¿no? Es cosa suya ocuparse de que no les atrapen. Pero acaban por atraparlos y usted nunca ha rescatado a ninguno. Por ejemplo, James...

—Fue culpa de James, lo sabe muy bien. Era demasiado terco para este trabajo.

—James era un cabeza hueca, en eso le doy la razón. Pero ¿qué me dice de Hollis?

—Aquel hombre estaba loco.

—Bueno, se ofuscó un poco al final. Pero es como para acabar en el manicomio: tenía que interpretar un papel de la noche a la mañana, rodeado de cien tipos dispuestos a echarle a la bofia encima. Sin embargo, Steiner...

Van Bork dio un violento respingo y su rubicundo rostro empalideció ligeramente.

—¿Qué le ha pasado a Steiner?

—Bueno, lo han apresado, eso es todo. Hicieron una redada en su almacén la pasada noche, y él y sus documentos han ido a parar a una cárcel de Portsmouth. Usted se largará y el pobre diablo será la cabeza de turco de todo este lío; tendrá suerte si sale con vida. Por eso quiero poner agua de por medio, marchándome con usted.

Von Bork era un hombre fuerte, con un enorme autocontrol, pero era fácil darse cuenta de que aquella noticia le había alterado.

—¿Cómo han logrado atrapar a Steiner? —murmuró—. Es el peor golpe que hemos sufrido hasta ahora.

—Pues casi sufrimos otro peor, porque creo que me pisan los talones.

—¡No puede hablar en serio!

—Se lo aseguro. Mi patrona, allá en Fratton, tuvo que contestar algunas preguntas, y cuando me enteré, supe que ya iba siendo hora de largarme. Pero lo que quiero saber, señor, es cómo es que la pasma se ha enterado. Steiner es el quinto hombre que hemos perdido desde que usted me contrató, y ya sé quién va a ser el sexto si no pongo pies en polvorosa. ¿Cómo se lo explica? ¿No le da vergüenza ver cómo van atrapando a sus hombres uno tras otro?

El rostro de Van Bork enrojeció violentamente.

—¡Cómo se atreve a hablarme en ese tono!

—Si no tuviera agallas para atreverme a ciertas cosas, señor, no estaría a su servicio. Pero voy a decirle a las claras lo que pienso. He oído decir que ustedes, los políticos alemanes, no dudan ni un segundo en quitarse de en medio a los agentes que ya han terminado su trabajo.

Van Bork se levantó de un salto.

—¿Se atreve a sugerir que he entregado a mis propios agentes?

—No estoy diciendo eso, señor; pero en alguna parte hay un soplón o un traidor, y es asunto suyo descubrir quién es. De todos modos, no voy a correr más riesgos. Me largo a la bella Holanda y, cuanto antes, mejor.

Von Bork había logrado dominar su ira.

—Hemos sido compañeros durante demasiado tiempo como para pelearnos en la hora de la victoria —dijo—. Ha hecho usted un trabajo espléndido y arriesgado, algo que nunca olvidaré. No se hable más; vaya a Holanda y en Róterdam tome un barco a Nueva York. En una semana será la única línea marítima segura. Tomaré ese libro y lo guardaré con los demás.

El americano sostuvo su paquetito en la mano, pero no hizo intención de entregárselo.

—¿Dónde está la pasta? —preguntó.

—¿El qué?

—La guita. La recompensa. Las quinientas libras. Al final el artillero se mostró extremadamente antipático y tuve que ponerle en su sitio con cien dólares más; de lo contrario, las hubiésemos pasado canutas. «¡No hay nada que rascar!», me dijo el tipo, y lo decía en serio, pero los últimos cien le convencieron. Todo este asunto me ha salido por doscientas libras en total, así que no voy a darle el libro hasta que me pague con un buen fajo.

Van Bork sonrió con cierta amargura.

—Así que quiere que le dé el dinero antes de entregarme el libro —dijo—. Parece que no tiene una opinión muy elevada de mi honor.

—Los negocios son los negocios, señor.

—Muy bien, lo haremos a su manera. —Se sentó en la mesa y garabateó un cheque que arrancó del talonario sin entregárselo a su compañero—. Después de todo, ya que los negocios son los negocios, señor Altamont —dijo—, no veo por qué he de confiar en usted más de lo que usted confía en mí. ¿Me comprende? —añadió, mirando al americano por encima de su hombro—. Encima de la mesa tiene el cheque. Reclamo mi derecho a examinar el paquete antes de que tome usted el dinero.

El americano se lo alargó sin decir palabra. Von Bork desató el nudo de bramante, desenvolviendo dos resmas de papel. Luego se quedó callado, contemplando con silencioso pasmo el pequeño librito azul que apareció ante él. En la cubierta aparecía impreso en letras doradas el título *Manual práctico de apicultura*. El eminente espía solo pudo contemplar durante un momento aquella inscripción tan extrañamente ajena a la comunicación de señales navales. Al momento siguiente, le aferraron la nuca con una presa de hierro, y ante su rostro contorsionado apareció una esponja empapada en cloroformo.

☙

—¡Otra copa, Watson! —dijo el señor Sherlock Holmes, alargándole la botella de Tokay Imperial.

El robusto chófer, que se había sentado a la mesa, le acercó, presto, el vaso.

—Es un buen vino, Holmes.

—Un vino extraordinario, Watson. Nuestro amigo del sofá me ha asegurado que proviene de las bodegas especiales del palacio de Schönbrunn, propiedad de Francisco José. ¿Sería tan amable de abrir la ventana? No quiero que los vapores del cloroformo confundan al paladar.

La caja fuerte estaba entreabierta y Holmes, de pie ante ella, iba sacando uno a uno los expedientes, examinándolos antes de guardarlos en el maletín de Von Bork. El alemán yacía en el sofá, durmiendo ruidosamente con una cuerda sujetándole las piernas y otra los brazos.

—No tenemos prisa, Watson. Estamos a salvo de interrupciones. ¿Le importa tocar la campanilla? No hay nadie en la casa excepto la vieja Martha, que ha interpretado admirablemente su papel. Cuando me hice cargo del caso, le conseguí este puesto. Ah, Martha, le gustará saber que todo ha salido bien.

La encantadora anciana acababa de aparecer en el umbral. Le dedicó a Holmes una sonrisa y una reverencia, pero miró con cierta aprensión a la figura que yacía en el sofá.

—Está bien, Martha. No ha sufrido ni un rasguño.

—Me alegra oír eso, señor Holmes. A su manera, ha sido un hombre bondadoso. Quería que me fuese ayer a Alemania con su esposa, pero eso no hubiera sido conveniente para sus planes, ¿no es cierto, señor?

—No, desde luego que no. Me quedé tranquilo sabiendo que usted seguía aquí. Estuvimos un buen rato esperando su señal.

—Fue por el secretario, señor.

—Lo sé. Nos cruzamos con su coche.

—Pensaba que nunca se iría. Sabía que tampoco sería muy conveniente que le encontrase aquí.

—No, desde luego que no. Bueno, solo tuvimos que esperar media hora más hasta que apagó usted su lámpara confirmándonos que ya no había moros en la costa. Puede entregarme su informe en Londres mañana, en el Hotel Claridge, Martha.

—Muy bien, señor.

—Supongo que ya lo tendrá todo preparado para marcharse.

—Sí, señor. Hoy envió siete cartas. Tengo las direcciones, como siempre.

—Muy bien, Martha, mañana les echaré un vistazo. Buenas noches. Estos documentos —continuó en cuanto hubo desaparecido la anciana— no son demasiado importantes, ya que, naturalmente, la información que contienen se envió al Gobierno alemán hace tiempo. Estos son los originales, que no podían sacarse del país con seguridad.

—Entonces no sirven para nada.

—No iría tan lejos como para afirmar eso, Watson. Por lo menos servirán para que los nuestros estén al corriente de lo que saben y lo que no. Seguramente la mayoría han llegado aquí gracias a mí, por lo que no es necesario que le diga que no resultan demasiado fidedignos. Alegraría mi vejez ver cómo un destructor alemán navega por el Solent siguiendo los planos de minas que yo les he facilitado. ¿Y usted, Watson? —Dejó de trabajar y asió a su viejo amigo por los hombros—. Casi no le he visto a plena luz. ¿Qué tal le han tratado los años? Parece usted el alegre jovenzuelo de siempre.

—Me he quitado veinte años de encima, Holmes. Pocas veces me había sentido tan feliz como cuando recibí su telegrama solicitándome que le esperara en Harwich con el coche. Y usted, Holmes, ha cambiado muy poco, salvo por esa espantosa perilla.

—Es parte de los sacrificios que ha de hacer uno por su país, Watson —dijo Holmes, tirando de su pequeño mechón de pelo—. Mañana será solo un mal recuerdo. En cuanto me corte el pelo, junto con otros cambios superficiales, reapareceré mañana en Claridge tal como era antes de que esta faena yanqui... Discúlpeme, Watson, parece que he profanado para siempre mi manantial de inglés... antes de que este asunto americano se cruzase en mi camino.

—Pero ya se había jubilado usted, Holmes. Creíamos que se había retirado a vivir como un ermitaño, entre sus abejas y sus libros, en una pequeña granja en los South Downs.

—Exacto, Watson. ¡Y aquí tiene el fruto de mi ocioso retiro, la obra magna de mis últimos años! —Tomó el volumen de la mesa y leyó el título completo—: *Manual práctico de apicultura, con ciertas observaciones sobre la segregación de la reina.* Y lo hice yo solo. Contemple el fruto de noches de insomnio y días agotadores vigilando las cuadrillas de pequeñas obreras como en otros tiempos había vigilado los bajos fondos de Londres.

—Entonces, ¿cómo es que volvió a trabajar?

—Ah, a veces me asombro de mí mismo. Habría podido resistir al ministro de Asuntos Exteriores, ¡pero cuando el primer ministro en persona también se dignó a visitar mi humilde morada...! El hecho, Watson, es que ese caballero del sofá era demasiado bueno para los nuestros. Se le consideraba único en su oficio. Las cosas no iban bien y nadie podía alcanzar a entender la razón. Se sospechaba de varios agentes, e incluso se practicaron detenciones, pero resultaba evidente que existía una poderosa mente en el centro de toda aquella red. Era absolutamente imprescindible sacarla a la luz. Recibí fuertes presiones para que me ocupara del asunto. Me ha llevado dos años no exentos de emociones, Watson. Si le digo que inicié mi peregrinaje en Chicago, que ingresé en una sociedad secreta irlandesa en Buffalo y que les causé serios problemas a los agentes de la policía irlandesa de Skibbereen, hasta que, finalmente, atraje la atención de un subordinado de Von Bork, que me recomendó como un hombre de excelentes aptitudes para el trabajo, se hará una idea de lo complejo que ha resultado el caso. Desde entonces me he visto honrado por su confianza, lo que no ha evitado que sus planes fracasasen sutilmente, con el resultado de que cinco de sus mejores agentes se encuentran en la cárcel. Les vigilaba, Watson, y los recogía cuando estaban maduros. Bueno, señor, espero que no haya sufrido usted daños permanentes.

Este último comentario iba dirigido al propio Von Bork, quien después de mucho jadear y parpadear había permanecido tumbado en silencio, escuchando el discurso de Holmes. Estalló en un furioso torrente de improperios en alemán, el rostro retorcido por su apasionada furia. Holmes continuó con su rápida comprobación de los documentos, mientras su prisionero maldecía y juraba.

—Aunque carece de armonía, el alemán es el más expresivo de todos los idiomas —comentó, cuando Von Bork se calló de puro agotamiento—. ¡Vaya, vaya! —añadió, fijando su atención en la esquina de un plano antes de guardarlo en la caja—. Esto debería encerrar a otro pájaro en su jaula. No tenía ni idea de que el tesorero fuese tan canalla, aunque ya le tenía echado el ojo. Señor Von Bork, va a tener que responder muchas preguntas.

El prisionero se había levantado del sofá con cierta dificultad y miraba fijamente a su captor con una mezcla de odio y perplejidad.

—Ya le ajustaré las cuentas, Altamont —dijo, hablando con lenta deliberación—. ¡Le ajustaré las cuentas aunque me cueste la vida!

—La vieja y dulce canción —dijo Holmes—. ¡Cuántas veces la habré escuchado con el paso de los años! Era la cantinela favorita del llorado profesor Moriarty. El coronel Sebastian Moran también solía tararearla. Y, sin embargo, sigo vivo y cuidando abejas en los South Downs.

—¡Maldito seas, doble traidor! —exclamó el alemán, forcejeando con las cuerdas y lanzando llamaradas asesinas desde sus feroces ojos.

—No, no, no soy tan malo —dijo Holmes, sonriendo—. Como sin duda ya sabrá por mi relato, el señor Altamont, de Chicago, no existía realmente. Lo utilicé y ha desaparecido.

—Entonces, ¿quién es usted?

—Mi identidad carece de importancia, pero como parece interesarle, señor Von Bork, puedo decirle que no es la primera vez que me he tratado con algún miembro de su familia. Hubo un tiempo en el que me ocupé de muchos asuntos en Alemania, es probable que mi nombre le resulte familiar.

—Me gustaría conocerlo —dijo el prusiano con acritud.

—Yo fui el artífice de la separación de Irene Adler y el último rey de Bohemia, cuando su primo Heinrich era el embajador imperial. Fui yo también quien salvó al conde Von und Zu Grafenstein, el hermano mayor de su madre, de morir a manos del nihilista Klopman. Fui yo...

Von Bork se incorporó, atónito.

—¡Solo puede ser un hombre! —exclamó.

—Exacto —dijo Holmes.

Von Bork gimió y volvió a hundirse en el sofá.

—¡Y la mayor parte de esta información me ha llegado a través de usted! —exclamó—. ¿Qué valor tiene? ¿Qué he hecho? ¡Esto significará mi ruina para siempre!

—Lo cierto es que no es muy fidedigna —dijo Holmes—. Habría que hacer comprobaciones y usted dispone de poco tiempo para eso. Quizá su almirante en jefe descubra que las piezas de artillería son bastante más grandes de lo que espera y los cruceros un poco más rápidos.

Von Bork se aferró la garganta, desesperado.

—Existen muchos otros detalles que, sin duda, saldrán a la luz en su momento. Pero usted posee una cualidad muy poco frecuente en un alemán, señor Von Bork; usted es un deportista y no me guardará rencor cuando comprenda que, al igual que usted ha superado en astucia a muchos otros, a su vez ha sido superado por mí. Después de todo, lo ha hecho lo mejor que ha podido por su país y yo he hecho lo mismo por el mío, ¿hay algo más normal? Además —añadió no sin amabilidad, posando su mano sobre el hombro del adversario postrado—, es mejor esto que caer ante un enemigo más indigno. Estos documentos ya están listos, Watson. Si me ayuda con nuestro prisionero, creo que podemos salir enseguida para Londres.

No fue tarea fácil mover a Von Bork, dado que era un hombre fuerte y desesperado. Finalmente, asiéndolo cada uno de un brazo, los dos amigos le hicieron avanzar muy lentamente por el mismo sendero del jardín que, tan solo unas horas antes, había recorrido con orgullo y confianza, mientras recibía las felicitaciones del famoso diplomático alemán. Tras el último y breve forcejeo, fue izado, aún atado de pies y manos, al asiento libre del pequeño automóvil. Su precioso maletín fue encajado junto a él.

—Confío en que se encuentre tan cómodo como le permitan las circunstancias —dijo Holmes una vez acabaron de colocarle—. ¿Puedo tomarme la libertad de encender un cigarro y ponérselo entre los labios?

Toda afabilidad resultaba inútil con aquel enfurecido alemán.

—Imagino que se dará cuenta, señor Sherlock Holmes —dijo—, de que, si su Gobierno aprueba este trato, esto es un acto de guerra.

—¿Y qué me dice del trato que ha dispensado a todo esto su Gobierno? —dijo Holmes, dando unas palmadas en el maletín.

—Usted es un civil. No dispone de ninguna orden de detención contra mí. Su forma de proceder es ilegal y escandalosa.

—Desde luego —dijo Holmes.

—Está secuestrando a un súbdito alemán.

—Y robando sus documentos privados.

—Bueno, tanto usted como su cómplice ya están al tanto de la situación. Si gritara pidiendo ayuda al pasar por el pueblo...

—Mi querido amigo, si cometiera usted una estupidez de ese calibre, probablemente aumentaría el limitado número de rótulos de las tabernas locales proporcionándonos una nueva enseña: «El Prusiano Colgado». El inglés es una criatura paciente, pero en este momento su temperamento anda un poco alterado, así que lo mejor sería no ponerlo a prueba. No, señor Von Bork, se comportará como una persona tranquila y sensata y vendrá con nosotros hasta Scotland Yard, desde donde puede usted llamar a su amigo el barón Von Herling para ver si puede ocupar aún la plaza que le tiene reservada en la embajada. En cuanto a usted, Watson, tengo entendido que se ha unido a nosotros, retomando su antiguo servicio, así que Londres le viene de camino. Quédese conmigo en la terraza, es posible que esta sea la última charla que podamos disfrutar en paz.

Los dos amigos mantuvieron una conversación privada durante algunos minutos, recordando una vez más los días del pasado, mientras su prisionero forcejeaba en vano para romper sus ligaduras. Cuando se volvieron hacia el coche, Holmes señaló el mar iluminado por la luna y meneó, pensativo, la cabeza.

—Viene viento del Este, Watson.

—Creo que no, Holmes. El aire es tibio.

—¡El buen Watson de siempre! Es usted el único que permanece inalterable en una era de cambios. Pero, igualmente, viene viento del Este, un viento que nunca ha soplado en Inglaterra. Será frío y crudo, Watson, y quizá muchos de nosotros nos marchitaremos al sentir sus ráfagas. Pero, no obstante, no por eso deja de ser un viento de Dios, y cuando la tormenta haya pasado, brillará bajo el sol una tierra más limpia, más fuerte y mejor. Arranque el motor, Watson, es hora de partir. Tengo un cheque de quinientas libras que habrá que cobrar enseguida, ya que el firmante es capaz de cancelarlo, si le dejamos.